Querverlag

Sonja Steinert

Sieben Tage im Mai

Kriminalroman

Dieses Buch erzählt eine fiktive Geschichte. Figuren und Handlung sind frei erfunden. Ähnlichkeiten mit Lebenden oder bereits Verstorbenen sind rein zufällig.

Erste Auflage September 2023

Umschlag und grafische Realisierung von Sergio Vitale unter Verwendung eines Fotos von © natros | stock.adobe.com.

Gesamtherstellung: Finidr
ISBN 978-3-89656-334-7
Printed in the Czech Republic

Bitte fordern Sie unser Gesamtverzeichnis an:
Querverlag GmbH
Akazienstraße 25, 10823 Berlin
www.querverlag.de

Sonntag, 7. Mai

1

Wolfram Ziegler schlenderte die Gleditschstraße entlang Richtung Winterfeldtplatz. An diesem Sonntagvormittag waren erstaunlich viele Menschen unterwegs. Die Sonne schien, es ging kein Windchen, nach dem langen Winter und dem kalten April – noch in den letzten Apriltagen hatte es unversehens geschneit – freuten sich die Leute, dass sie wieder raus konnten. Ihm ging es genauso. Wenn es draußen kalt und ungemütlich war, trafen sie sich sonntagvormittags reihum zum Skat, aber bei schönem Wetter eben hier, auf dem Sandplatz vor dem Kindertheater am Winterfeldtplatz, zum Boulespiel. Und ganz früher, als sie alle vier noch berufstätig waren, da trafen sie sich zum Handballspielen. Wie lange war das nun schon her? Sehr lange, kam es ihm vor, war er nun schon Oberstudiendirektor im Ruhestand. Immerhin hatte er den letzten Karriereschritt noch rechtzeitig geschafft. Und alles war gut, Hilde und er begannen einen neuen Lebensabschnitt, sie unternahmen wunderbare Reisen, entdeckten neue Orte, an denen sie es sich gutgehen ließen, und fühlten sich noch einmal jung.

Gerade passierte er den kleinen Park, der sich gegenüber dem Haupteingang der Sankt-Matthias-Kirche erstreckte. Das Geschrei der Kinder blendete er aus – das hatte er als Lehrer jahrzehntelang trainiert –, den Duft des Flieders zog er genüsslich durch die Nase ein wie eine Leckerei. Ihm kam der Gedanke, dass rosa, weißer und lila Flieder womöglich unterschiedlich duftete. Hätte er nicht Geografie und Sport unterrichtet, sondern Biologie, dann wüsste er das, ging ihm durch den Kopf.

Zwei Jogger, die sich laut unterhielten, überholten Ziegler, der Arm des einen streifte leicht seine Hüfte. Er zuckte zusammen. Da lag schon der halbrunde Sandplatz vor ihm, eingefasst von einem niedrigen Steinmäuerchen, umstanden von Sitzbänken, von denen einige bereits besetzt waren. Ohne Eile suchte er sich eine freie Bank, nahm ein Taschentuch aus der Jackentasche, mit dem er über die Sitzfläche wischte, und ließ sich nieder. Wunderbar. Wie gut das tat, nach dem kleinen Spaziergang von der Barbarossastraße hierher auszuruhen. Und in der Sonne zu sitzen! Wie meistens seit Hildes Tod war er auch heute der erste, und bis Helmut, Hans-Günther und Otto eintrafen, würde er noch eine Weile die lebendige Atmosphäre dieses Ortes genießen. Sein Blick folgte entspannt Passanten mit ihren Hunden, Leuten, die Kinderwagen schoben, Radfahrern und Skatern, Spaziergängerinnen. Drüben im Café am nördlichen Ende des Winterfeldtplatzes waren fast alle Tische schon besetzt, manche Gäste unterhielten sich, andere lasen Zeitung, wieder andere schauten einfach nur über den Platz und tranken ihren Kaffee.

Die Glocken der katholischen Kirche begannen zu läuten, in wenigen Minuten würde die Messe beginnen. Alles wie immer. Er beobachtete, wie sich nach und nach einzelne Gottesdienstbesucher:innen einfanden und die breite Treppe zum Eingang hochstiegen. Ein roter Kleinwagen – ein Fiat –, der langsam in die Gleditschstraße eingebogen war, hielt am Straßenrand. Ein großer, schwarz gekleideter schlanker Mann stieg aus, sprach durch die noch offene Beifahrertür ein paar Worte zum Fahrer, schloss dann mit Schwung die Tür. Der rote Fiat fuhr weiter. Der Mann blieb stehen, holte eine Packung Zigaretten und ein Feuerzeug aus den Taschen seines Jacketts und zündete sich eine Zigarette an. Langsam schlenderte er über das Kopfsteinpflaster hinüber zur Kirchentreppe.

Da schoss ein weißer VW Caddy in hohem Tempo heran und fuhr ohne zu bremsen auf den Mann zu. Ziegler konnte nicht glauben, was er da sah. Das war doch nicht möglich! Der Caddy hielt geradenwegs auf den Mann zu, erfasste ihn, sodass er gegen die Windschutzscheibe prallte, in einem Bogen durch die Luft flog und auf dem Pflaster liegenblieb, während das Auto weiterraste.

Ziegler hatte den Atem angehalten, er hörte Menschen schreien, verfügte aber über so viel Geistesgegenwart, dass er aufstand, ein paar Schritte zur Straße lief und dem Caddy hinterher schaute, sodass er das Nummernschild lesen konnte: PM – HG 4711. Er sagte die Nummer einmal laut und ein paar Mal in Gedanken, das war seine Methode, sich Namen und Zahlen zu merken. Dann drehte er sich um und ging hinüber zu dem Mann, der mit grotesk verrenkten Gliedern auf dem Kopfsteinpflaster lag. Vom Winterfeldtplatz her rannten zwei junge Frauen heran und bemühten sich um das Unfallopfer. „Rufen Sie den Notarzt!“ rief die eine, kaum älter als eine Abiturientin, Ziegler zu, der bereits sein Smartphone in der Hand hatte. Automatisch wählte er die Einseinsnull, und noch bevor jemand seinen Anruf entgegennahm, sah er die andere junge Frau den Kopf schütteln, nachdem sie versucht hatte, den Puls des Mannes an der Halsschlagader zu fühlen.

Zieglers Sinne schienen sich in ihrer Wahrnehmungsfähigkeit zu entkoppeln. Während er am Telefon sprach und zuhörte, sah er, wie die junge Frau ihr Ohr über den Mund des Mannes hielt. Wieder schüttelte sie den Kopf. Ziegler wandte den Blick von dem blutigen Bündel zu seinen Füßen.

2

Als Kriminalhauptkommissarin Judith Rabe sich dem Winterfeldtplatz näherte, sah sie schon von Weitem, dass da ein ziemliches Chaos auf sie wartete: laut redende, wild gestikulierende Menschen, Sanitäter:innen, die ihre Sachen zusammenpackten, Kolleg:innen von der Bereitschaftspolizei, die einige der Umstehenden befragten, und mehrere Fahrzeuge, darunter welche von Polizei und Feuerwehr, die kreuz und quer herumstanden. Judith schloss ihr Rad am Zaun der Spreewald-Grundschule an und strebte zügig Richtung Kirche, wo das Opfer lag, zugedeckt mit einer weißen Plane.

Eigentlich war sie heute mit ihrer Freundin Sina und deren Hund zu einem Waldspaziergang verabredet, sie hatten sich – bis auf ein paar kurze Telefonate – länger nicht mehr gesprochen. Schade. Nach dem langen Winter, den ein unberechenbarer April noch verlängert hatte, weckte allein schon die Aussicht auf einen Gang durch den Wald, begleitet vom Gezwitscher der Meisen, dem hämmernde Trommeln der Spechte und den heiseren Rufen der in Formation dahinziehenden Wildgänse, richtige Frühlingsgefühle. Judith seufzte, aber sie war Profi genug, nach einem letzten sehnsuchtsvollen Gedanken an die ersten grünen Blättchen und die hellen Stämme der Birken dies alles beiseite zu schieben und sich auf das zu konzentrieren, was ihr Job war. Nach allem, was sie bisher wusste, gingen die Kolleg:innen von einem Mord aus, und deshalb war sie hier.

Ein Kollege trat von der Seite her auf sie zu und grüßte. Er stellte sich als Polizeiobermeister Karsten Reinsch vom Abschnitt 41 vor, also der für Schöneberg-Nord zuständigen Polizeidienststelle in der Gothaer Straße, und gab der Kollegin von der Kripo einen ersten Überblick. Judith folgte dem Bericht von POM Reinsch, während sie sich einen Weg zu dem Toten bahnten. Die Fotografin hatte ihm die Plane gerade wieder über den Kopf gezogen und war zurückgetreten. Judith ging in die Knie, hob die Plane mit beiden Händen erneut an und betrachtete das Opfer, dessen Gesicht fast unversehrt war, während Leib und Gliedmaßen zahlreiche Verletzungen aufwiesen. Unter der Leiche hatte sich eine Blutlache gebildet, das Blut war bereits geronnen. Die bizarren Verrenkungen des leblosen Körpers ließen Judith einen Moment lang an eine Stoffpuppe denken. Zermalmt, dachte sie. Und mit diesem Wort stellte sich die Vorstellung ein, dass der Mörder – oder die Mörderin – aus einem enormen Vernichtungswillen heraus gehandelt hatte. Er wollte den Mann, den er über den Haufen gefahren hatte, komplett vernichten. Zerstören, auslöschen. Wut, Hass, vielleicht auch Verzweiflung, die Kompensation einer eigenen Verletzung, Gefühle, die sich lange angestaut hatten, die sich unglaublich tief verankert hatten, waren hier wohl zum Ausbruch gekommen. Nach den nun fast schon fünfzehn Jahren ihrer Arbeit im Bereich „Delikte am Menschen", wie ihre Abteilung beim LKA Berlin hieß, schauderte es Judith noch immer, wenn sie auf einen ermordeten Menschen traf, dessen Körper von der Wucht der Tat derart gezeichnet war. Hier, bei diesem Eindruck, nahm die Suche nach dem Mörder, nach seinen Motiven, ihren Ausgang. Mit konzentrierter Aufmerksamkeit nahm die Ermittlerin möglichst viele Details in sich auf.

„Wissen Sie schon, wer er ist?" fragte sie POM Reinsch, während sie sich wieder aufrichtete.

Der schüttelte den Kopf. „Er hat weder Ausweispapiere noch ein Handy bei sich gehabt, auch kein Schlüsselbund und nur wenig Bargeld. Aber Frau Istraty hat ein paar Fotos gemacht, sein Gesicht ist ja einigermaßen erkennbar."

Die Fotografin trat näher und zeigte sie der Hauptkommissarin im Display ihrer Kamera.

„Gut", nickte Judith. „Die können wir zur Identifizierung nutzen. Erstaunlich, dass auf diesem Schlachtfeld das Gesicht so wenig zerstört worden ist."

„Sein Gesicht ist fast das einzige, was nahezu heil geblieben ist", sagte die Fotografin nachdenklich.

„Der Notarzt" – POM Reinsch zeigte hinüber zu dem Feuerwehrwagen – „konnte nichts mehr für den Mann tun. Als die hier ankamen, keine fünf Minuten nach dem Zusammenstoß, war er schon tot. Der Arzt meinte, der Aufprall war so stark, dass er innerhalb von Sekunden tot war. Das Genick ist gebrochen, innere Verletzungen, mehrere Knochenbrüche an allen Gliedmaßen." Der Blick des Polizisten verweilte noch einen Moment auf der Plane, unter der sich der Körper des Toten abzeichnete wie ein unregelmäßiger Hügel. „Dann kann er in die Gerichtsmedizin?"

„Ja", sagte Judith knapp. „Haben Sie schon eine Halterabfrage gemacht?"

POM Reinsch nickte und schaute in seine Notizen. „Hab ich. Der Caddy mit dem Kennzeichen PM – HG 4711 gehört einer Astrid Schmitt, wohnhaft in Stahnsdorf, Buchenweg 8. Eine Streife ist schon unterwegs."

„Und bei dem Kennzeichen war sich der Zeuge ganz sicher?"

„War er. Steht dort drüben, der alte Herr in der braunen Wildlederjacke."

Judith folgte seinem ausgestreckten Arm hinüber zu einer kleinen Gruppe, die am Rand des Sandplatzes vor dem Kindertheater stand. Die vier Männer, allesamt etwa um die achtzig, schauten der Hauptkommissarin entgegen, die sie ruhig musterte, während sie näherkam. Sie stellte sich vor, zeigte ihren Ausweis und fragte, was genau sie gesehen hatten.

Die Augen von dreien richteten sich auf den vierten Mann, der sich räusperte und mit einer angedeuteten kleinen Verbeugung seinen Namen nannte: „Wolfram Ziegler, Oberstudiendirektor im Ruhestand."

„Hallo, Herr Ziegler." Judith lächelte ihn an. „Was genau haben Sie gesehen?"

Während Ziegler nun den Hergang des Geschehens sachlich und knapp schilderte, gewann Judith den Eindruck, dass er ein aufmerksamer und genauer Beobachter war. Das war wohl auch POM Reinsch aufgefallen, der mehrere Zeugenaussagen aufgenommen hatte, aber Judith gegenüber den pensionierten Lehrer als den zuverlässigsten Zeugen benannt hatte.

„Und bei dem Kennzeichen sind Sie sich ganz sicher?" fragte sie gerade.

„Absolut", sagte Ziegler mit Nachdruck. „Eigentlich musste ich mir nur PM, also Potsdam-Mittelmark, besonders merken, HG ist leicht, weil das die Abkürzung für meinen Freund Hans-Günther ist" – er zeigte auf den neben ihm stehenden Herrn – „und ein Fläschchen 4711 hatte meine Frau Hilde in jeder Handtasche. Ich bin also ganz sicher."

„Das ist gut. Und konnten Sie denn auch sehen, wer den Caddy gefahren hat?"

„Nein." Ziegler schüttelte den Kopf. „Ich habe ja erst richtig hingeschaut, als das Drama schon passiert war. Alles, was ich noch sehen konnte, war die Rückfront des Wagens. Sicher bin ich lediglich darin, dass nur eine Person im Wagen war. Aber mehr als einen Umriss konnte ich nicht sehen."

Schade, dachte Judith und warf einen Blick in ihre Notizen.

„Was war mit dem Opfer, dem Mann, der überfahren wurde? Wo kam er her, was tat er?"

„Der kam mit einem roten Kleinwagen etwa um viertel vor elf an", berichtete Ziegler, „er stieg vor der Kirche aus – ich dachte, der will in die Messe – und zündete sich noch eine Zigarette an, der Gottesdienst beginnt ja erst um elf. Er stand also auf der Straße, und da kam der Caddy herangebraust und fuhr ihn um."

„Konnten Sie sehen, wer in dem Kleinwagen saß? Erinnern Sie sich an das Kennzeichen?"

Judith sah den Zeugen einen Moment lang zögern. „Nein", sagte er dann mit Bedauern in der Stimme. „Leider nicht. Der Mann saß auf dem Beifahrersitz. Ich glaube, außer ihm war nur noch der Fahrer im Wagen. Ich meine, bin aber nicht sicher, dass es sich um einen Fiat handelte, das Auto war kirschrot, aber das Kennzeichen habe ich mir leider nicht gemerkt."

Nochmal schade. Das wäre eine Spur gewesen zu dem Toten. Judith bedankte sich bei dem aufmerksamen Herrn Ziegler.

3

Gut, dass sie das Fahrrad genommen hatte. Auf dem Weg vom Winterfeldtplatz zu ihrer Dienststelle in der Keithstraße ging Judith durch den Kopf, was alles sie am Tatort durch eigene Beobachtungen und durch die Berichte der Kolleg:innen aufgenommen hatte, und sie begann die Informationen zu sortieren in wichtige und nebensächliche. In der Lützowstraße hielt sie an einem Café und kaufte ein paar Stücke Apfelkuchen. Als sie in ihrem Büro im LKA 1 ankam, das sie sich mit Olaf Lehnert und Simon Bacher teilte, sah sie beide bereits bei der Arbeit. Der großgewachsene, kräftige Olaf stand am Fenster und telefonierte. Er war der findigste Rechercheur im Team, arbeitete am liebsten vom Schreibtisch aus, während Judith und Simon lieber vor Ort Zeug:innen befragten und sich ein Bild vom Geschehen machten. Olaf in seiner ruhigen, bedächtigen Art war für Judith der Fels in der Brandung, verlässlich und unerschütterlich, egal, wie verworren eine Ermittlung war. Simon, ein paar Jahre jünger als Judith und Olaf, war vor anderthalb Jahren zum Oberkommissar befördert worden, worauf er sehr stolz war. Er schaute konzentriert auf den Bildschirm seines Rechners und scrollte hin und her. Simon hatte den Ehrgeiz, ein guter Ermittler zu sein, neigte manchmal zu Ungeduld und zu Alleingängen, brachte aber oft auch ungewöhnliche Perspektiven in die gemeinsame Arbeit ein, die Judith inzwischen zu schätzen wusste.

Ihr gemeinsames Büro im LKA war ein nicht besonders großzügig bemessener Raum mit zwei hohen Altbaufenstern zur Straße hinaus, vor denen eine üppige Grünlilie und ein großer Gummibaum mit glänzenden Blättern standen. Die Pflege der Pflanzen war Olafs Revier. Während er sich mit ihnen beschäftigte, konnte er besonders gut nachdenken, hatte er Judith einmal anvertraut. Sie hatte ernsthaft genickt. Das konnte sie sich gut vorstellen. Während Judith sich jetzt umsah, kam ihr der Gedanke, wie unpersönlich dieser Raum auf Fremde wirken musste, während er für sie und ihre beiden Kollegen die alltägliche vertraute Umgebung darstellte. Wodurch entstand diese Vertrautheit? Alles an seinem Platz, eine übersichtlich geordnete Welt, langweilig, berechenbar, selbstverständlich, funktional. Also das richtige Ambiente, um sich auf immer neue, wechselnde Ermittlungen einzustellen – in ihrem Fall waren das Morde. Der Unberechenbarkeit einer solchen Tat, der Grausamkeit und Empathielosigkeit, mit der ein Mensch einem anderen das Leben nahm, konnte vielleicht nur in einem dermaßen sachlich-neutralen Raum begegnet werden. Hier im Büro blieb alles immer so, wie es war, egal, was draußen passierte, wo sie ermittelten.

Judith stellte ihr Kuchenpäckchen auf dem viereckigen Tisch vor dem einen Fenster ab, hängte ihre Jacke über eine Stuhllehne und ging hinüber zur Kaffeemaschine in der winzigen Küchenzeile, wo sie der Reihe nach zuerst einen Latte macchiato für Simon und dann zwei große Milchkaffees für Olaf und sich selbst zubereitete, vertraute Rituale, die Bestandteil ihrer gemeinsamen Arbeit waren wie die eigentliche Ermittlungsarbeit, die Recherchen und Befragungen von Zeug:innen. Simon freute sich über den Kuchen und setzte sich zu Judith an den Tisch, Olaf beendete sein Telefonat und kam ebenfalls dazu.

„Das ist ja richtig gemütlich", meinte er und griff nach seiner Tasse.

„Habt ihr das Opfer schon identifiziert?" fragte Judith.

Das war noch nicht der Fall, die Suche in den verschiedenen Datenbanken lief noch. Der Tote, der inzwischen in der Rechtsmedizin bei Frau Doktor Genshagen gelandet war, war noch unbekannt, während die mutmaßliche Mörderin oder jedenfalls die Halterin des Wagens, der den unbekannten Mann überfahren hatte, bereits im Vernehmungsraum wartete. Die Informationen, die ihnen über die Halterin vorlagen, ließen auf eine unauffällige Frau mittleren Alters schließen, die noch nicht einmal einen Eintrag wegen Geschwindigkeitsübertretung hatte.

4

Von der Frau, die zurückgelehnt auf ihrem Stuhl am Tisch saß, ging eine unerwartete Gelassenheit aus, fand Judith. Ihr von Sonne und Wind gezeichnetes Gesicht war von gewelltem Haar, das ohne besondere Frisur einfach nur kurzgeschnitten war, umrahmt, dessen Kastanienbraun von einigen grauen Strähnen durchzogen war. Die Hände, braungebrannt und kräftig, lagen vor ihr auf dem Tisch. Sie sah den Ermittler:innen ruhig entgegen. Judith und Simon stellten sich kurz vor, setzten sich und begannen mit der Befragung.

„Frau Schmitt, mit Ihrem Wagen ist heute Vormittag kurz vor elf Uhr auf dem Winterfeldtplatz ein Passant absichtsvoll überfahren und getötet worden. Wo waren Sie um diese Zeit?“ begann Simon.

Astrid Schmitt hatte aufmerksam zugehört. „Ich bin etwa um neun zu meiner Joggingrunde aufgebrochen, in Richtung Norden zum Teltowkanal und dann dort links runter durch die Heide. Meistens laufe ich eine Stunde oder anderthalb. Wann genau ich heute zurückgekommen bin, weiß ich nicht, ich habe nicht auf die Uhr gesehen.“

„Haben Sie jemanden getroffen, hat jemand Sie gesehen, unterwegs oder als Sie wieder nach Hause kamen?“

Die Tatverdächtige schüttelte den Kopf. „Doch“, sagte sie dann. „Auf einem der Sandwege sind mir zwei Reiterinnen entgegengekommen, ein Hund war auch dabei. Und als ich zum Haus ging, hab ich zwei Nachbarinnen bei den Mülltonnen stehen sehen, die unterhielten sich.“

„Und wo war Ihr Auto? Wann sind Sie zuletzt damit gefahren? Wo parken Sie es üblicherweise?“

Astrid Schmitt schien zu überlegen. „Zur Arbeit fahre ich meistens mit dem Rad, deshalb steht mein Auto oft ein paar Tage, und manchmal vergesse ich auch, wo genau ich es abgestellt habe. Meistens in meiner Straße, manchmal aber auch im Kiefernsteg oder im Eichenweg, je nachdem, wo grade Platz ist. Wann bin ich zuletzt damit gefahren?“ Sie schüttelte langsam den Kopf. „Keine Ahnung. Wahrscheinlich am Dienstag, da hatte ich in Potsdam was zu erledigen. Ja“, sagte sie dann mit Nachdruck, „Dienstagvormittag war ich damit unterwegs und hab es dann im Eichenweg geparkt. Seitdem stand es dort, und als ich vorhin mit Ihren Kollegen nachgeschaut habe, war es weg.“

„Gibt es jemanden, dem Sie Ihr Auto gelegentlich mal ausleihen, der vielleicht sogar einen Schlüssel hat?“

„Nein, ich bin die einzige, die damit fährt." Nach kurzem Zögern sah Astrid Schmitt den ihr gegenübersitzenden Ermittler an und fragte: „Wer ist denn überfahren worden?"

Judith konnte an Simons Gesichtsausdruck erkennen, dass er von der Frage stark irritiert war. Sie war es auch, stand jedoch auf, ging ins Büro und kam mit einem Foto des Toten zurück. Während sie es direkt vor die Tatverdächtige auf den Tisch legte, waren alle ihre Sinne empfangsbereit.

Astrid Schmitt sah auf das Foto, fasste es mit beiden Händen und hob es ein wenig an, während sie gleichzeitig den Kopf ein wenig senkte. Für Judith sah es so aus, als näherten sich Foto und das Gesicht der Frau einander langsam an. Mit einem lauten Ausatmen legte Astrid Schmitt das Foto auf den Tisch, schob es leicht von sich weg und setzte sich wieder aufrecht hin. Sie schaute auf und fragte: „Wer ist das?"

Judith und Simon wechselten einen Blick.

„Das wissen wir noch nicht", antwortete Judith.

5

Eine halbe Stunde später fuhr Astrid Schmitt auf einem knallroten Emmy-Roller Richtung Südwesten. Unter dem Helm spürte sie den Pulsschlag bis an die Schädeldecke, ihr war, als würde ihr Kopf gleich platzen. Ein innerer Aufruhr war das. Sie hatte Mühe, sich aufs Fahren zu konzentrieren, zum Glück war an diesem Sonntagnachmittag nicht besonders viel los. Der Fahrtwind, den sie im Gesicht und an den Händen spürte, der an ihrem Parka und ihren Hosenbeinen zerrte und sie ab und zu wie spielerisch leicht aus der Spur brachte, erschien ihr abwechselnd wie ein greifbarer Widerpart, mit dem sie sich anlegen konnte, und wie ein freundlicher Gefährte, der sie antrieb auf dem Weg nach Hause. In ihrem Kopf ging alles durcheinander. Sie dachte daran, dass sie am Donnerstagmorgen zufällig den Eichenweg entlanggekommen war und sich gewundert hatte, warum da nicht ihr Auto stand. Sie war die Straße zweimal abgegangen, hatte zur Sicherheit und mit wachsendem Herzklopfen auch die umliegenden Straßen abgesucht – der Caddy war weg. Verdammt! Und sie war hilflos, das war das Schlimmste. Denn sie konnte unmöglich den Diebstahl ihres Autos anzeigen, da würde sie nur schlafende Hunde wecken. Sie war also dazu gezwungen, einfach stillzuhalten und zu hoffen, dass irgendwann der Caddy wieder auftauchte und dann eine gute Erklärung parat zu haben, warum sie den Diebstahl nicht angezeigt hatte. Das hatte sie jedenfalls am Donnerstagmorgen gedacht. Aber jetzt war alles noch schlimmer, jetzt war ihr Auto zur Mordwaffe geworden. Wie sollte sie aus dieser Nummer heil herauskommen?

Hinter der S-Bahn-Unterführung in Zehlendorf bog Astrid nach rechts in die Machnower Straße ein. Ihr Puls hatte sich etwas beruhigt und der Fahrtwind stärkte ihr den Rücken. Bald würde sie zu Hause sein, in Sicherheit.

Sie spürte, wie ihre Aufregung sich allmählich legte, sie atmete wieder ruhig, konzentrierte sich aufs Fahren, überlegte, was sie heute zum Abendessen kochen könnte. Ging in Gedanken das Gemüse im Kühlschrank durch. Dann war sie auch schon da. Stellte den Roller ab, tat den Helm ins Fach und schüttelte den Kopf. Das Schütteln ging auf ihre Schultern und ihren Oberkörper über und ergriff ihren ganzen Körper wie bei einer Katze, die sich Regentropfen aus dem Fell schüttelte.

Astrid schloss die Haustür auf und ging die Treppe zu ihrer Wohnung hoch, die im zweiten Stock des dreistöckigen Mietshauses lag. Den Schlüssel warf sie in die hölzerne Schale auf dem kleinen runden Tischchen im

Flur, den Parka über den Garderobenständer, die Stiefel streifte sie ab, während sie unbeirrt weiterging zu dem niedrigen Schränkchen. Sie hockte sich davor, öffnete die Türen und nahm eine kleine hölzerne Kiste heraus, stellte sie vor sich auf den Boden und klappte den Deckel auf. Mit der einen Hand griff sie in die Fotos, mit der anderen fuhr sie sich über die Stirn, als müsse sie sich für eine große Anstrengung wappnen.

6

Dieser Maisonntag war so ganz anders verlaufen, als Judith sich das vorgestellt hatte. Auf den Waldspaziergang mit Sina und deren Hund Rio hatte sie sich sehr gefreut, die Aussicht darauf hatte sie seit der Verabredung dazu vorigen Dienstag begleitet als wachsende Vorfreude. Judith schätzte es sehr, sich gerade mit Sina, ihrer besten Freundin und der Lebensgefährtin ihres Kollegen Olaf, auszutauschen. Sina konnte nicht nur gut zuhören, sondern brachte durch kluge Fragen oft unerwartete Zusammenhänge zutage. Wenn sie darüber sprach, was sie selbst beschäftigte und ihre Gedanken mitteilte, dann hatte Judith stets das Gefühl, dass Sina ihr Einblick in Wesentliches gab. Irgendwelche Floskeln hatte Judith von Sina noch nie zu hören bekommen, und das gehörte zu den Eigenschaften, die sie an der Freundin schätze.

Während Judith am Abend nach Hause radelte, war sie von einer doppelten Unzufriedenheit erfüllt. Im aktuellen Fall waren sie kein Stück vorangekommen, sie wussten noch immer nicht, wer der Tote war, und die Tatverdächtige hatte ein Alibi, bestätigt durch eine Nachbarin, die sie etwa zur Tatzeit hatte nach Hause kommen sehen vom Joggen. Und dann war auch noch ihre Verabredung im Grünen ausgefallen.

Sie könnte Elli anrufen, vielleicht hatte sie Lust auf ein Glas Wein auf dem Balkon. Der Gedanke an Elli und dass Judith sie womöglich gleich sehen würde, brachte ihr Herz zum Hüpfen. Vorigen Sonntag hatte Elli ihren dreiunddreißigsten Geburtstag gefeiert und neben ein paar Freund:innen und Kolleg:innen vom Rundfunk, wo sie als Redakteurin für Politik und Zeitgeschehen arbeitete, auch Judith eingeladen. Judith hatte ihr eine silberne Halskette mit einem winzigen Stier, Ellis Sternzeichen, geschenkt.

Vor etwa einem Jahr hatte Judith die neue Nachbarin kennengelernt, deren offene und direkte Art ihr gleich gefallen hatte. Aber diese Offenheit hatte, wie Judith inzwischen zu ihrem Bedauern erfahren musste, ihre Grenzen. Im Laufe der Zeit hatten sie sich angefreundet, trafen sich öfter spontan, weil ihre jeweiligen Jobs feste Verabredungen oft schwierig machten, und hatten einige gemeinsame Ausflüge mit den Rädern in die nähere und weitere Umgebung gemacht. Mit Elli, die aus Jena nach Berlin gezogen war, hatte Judith, die keine geborene Berlinerin war, aber doch schon siebenundzwanzig ihrer fünfundvierzig Lebensjahre in dieser Stadt verbracht hatte, reizvolle Orte entdeckt, die ihr bis dato unbekannt geblieben waren: kleine Städtchen mit kopfsteingepflasterten holprigen Sträßchen, barocke Schlösser inmitten großartiger Landschaftsparks, Mischwälder, in denen Pilze und Brombeeren wuchsen, Seen, an deren Ufer gelbe Schwertlilien standen. Elli kannte sich offenbar gut aus und Judith stimmte ihren Vorschlägen gerne zu. Die Gespräche, die sie unterwegs führten, blieben zu Judiths Leidwesen oft eher allgemein und unverbindlich. Persönlicheren Themen und Fragen wich Elli aus. Auch Judith fiel es nicht gerade leicht, mehr von sich zu zeigen, aber Elli gefiel ihr und sie wollte ihr gern näher kommen.

Judith bog in den Hof ihrer Wohnanlage und schaute zu den Fenstern der Wohnung, die Elli sich mit einer Kollegin teilte. Eines der Fenster stand offen, im Zimmer brannte Licht. Beschwingt sprang Judith vom Rad und schloss es an, während sie mit der anderen Hand bereits Ellis Nummer wählte.

„Hallo Judith", hörte sie Ellis leise Stimme nach mehrmaligem Klingeln wie von weit her.

Judith ging über den kurzen Moment ihrer Irritation hinweg und fragte fröhlich: „Hör mal, ich komme gerade von einem Arbeitseinsatz zurück und hätte Lust, mit dir noch ein Glas Wein zu trinken – na?"

Elli antwortete nach kurzem Zögern. „Nee, heute nicht. Ich bin … ach, ich hab Kopfschmerzen und brauch einfach Ruhe."

„Oh, schade." Judith spürte an der Enttäuschung, die sie überrollte wie eine Atlantikwelle, wie groß ihre Vorfreude gewesen war. „Kann ich was für dich tun?"

Es war, als sähe sie Elli den Kopf schütteln. „Nein, das ist lieb, aber ich brauch einfach nur Ruhe. Gute Nacht."

Judith sah das Display erlöschen, steckte das Handy ein und ging hinauf zu ihrer Wohnung. Schade, dachte sie.

7

Das Gedröhne und Gehämmere der Bässe war gleichzeitig innen und außen, in ihren Ohren, in ihrem Blut, in den von Lichtblitzen kurzzeitig erhellten gelben Ziegelmauern und hohen Gewölben, eingestampft von vielen hundert Füßen in den Boden. Das war genau das, was sie heute gebraucht hatte. Die Spannung, die sich in Ellis Körper und Geist aufgebaut und das Gewitter in ihrem Kopf ausgelöst hatte, zerfloss und versickerte wie Sturzregenbäche auf unversiegelter Erde. Eine angenehme Müdigkeit breitete sich in ihr aus. Elli spürte, wie sie langsamer wurde in ihren Bewegungen, und bewegte sich allmählich aus der Masse der Tanzenden an den Rand des Dancefloors. Spöttisch dachte sie, ich werde wieder zum Individuum, nein, verbesserte sie sich in Gedanken, zur Einzelkämpferin. Diese Arten von Verwandlung kannte sie gut und schon seit Jahren. Von Zeit zu Zeit brauchte Elli, wie andere den Kick durch Drogen oder Extremsportarten, ein paar durchtanzte Nachtstunden in irgendeinem Club, in denen sie sich völlig verausgabte, um danach wie ein Insekt oder eine Schlange, die sich in eine neue Seinsweise hinein gehäutet hat, quasi neu zu beginnen. Das war ihr Resetprogramm, und heute Nacht war sie kurz vor Mitternacht ins Matrix am Warschauer Platz gefahren.

Elli brauchte vielleicht zehn Minuten, um aus dem Dancefloor heraus zur Garderobe zu kommen, dabei immer gegen den Strom derer, die lachend, redend und rufend in die verschiedenen Tanzbereiche hineindrängten, angehend. Mit jedem Schritt Richtung Ausgang verlor sich das Bassgedröhn aus ihren Ohren und ihrem Körper ein wenig mehr, hellwach und nüchtern bahnte sie sich ihren Weg, bis sie schließlich auf dem Vorplatz ankam und sich durch kleine Grüppchen laut sich unterhaltender Leute hindurchschlängelte zu ihrem Rad. Amüsiert stellte sie fest, dass sie wie unter einer Tarnkappe durch die vielen Menschen hindurch glitt, die sie nicht wahrnahmen, während sie, Elli, sah und hörte, was um sie herum vorging, und alles in sich aufnahm. Ein spöttisches Lächeln kräuselte ihre Oberlippe. Sie schloss ihr Rad auf und schaute hinüber auf den Vorplatz und den Eingang zum Club, wo die Türsteher die Einlass Begehrenden scheinbar willkürlich sortierten in die, denen sie Einlass gewährten, und die, denen sie ihn verwehrten. Zu den Letzteren gehörten besonders häufig junge Männer, deren Aussehen auf eine arabische Herkunft schließen ließ.

Elli machte sich darüber keine weiteren Gedanken. Sie war vor etwa zwei Stunden ohne Probleme eingelassen worden, hatte ihre zehn Euro bezahlt, Jacke und Helm an der Garderobe abgegeben und war direkt in dieses Meer der hämmernden Bässe hineingesprungen.

Sie schloss die Jacke, setzte den Helm auf, band sich den Schal um, denn es war empfindlich kalt und sie war durch das Tanzen erhitzt. Mit neuer Energie aufgeladen schwang sie sich auf ihr Rad und fuhr geradenwegs nach Westen, überquerte die Oberbaumbrücke über die Spree und hielt das Gesicht in den kalten Nachtwind.

Montag, 8. Mai

1

„Entweder ist die total kaltblütig oder sie hat tatsächlich nichts zu verbergen“, fasste Olaf gerade seinen Eindruck von der Befragung Astrid Schmitts zusammen.

Simon nickte. „Ganz hundertprozentig ist ihr Alibi außerdem nicht. Die Nachbarin hat ja lediglich bestätigt, dass sie die Schmitt irgendwann vor zwölf Uhr hat nach Hause kommen sehen.“

„Naja“, meinte Olaf. „Immerhin hat sie eins. Und allein dass sie die Halterin des Wagens ist, rechtfertigt jedenfalls keine U-Haft.“

Judiths Blick ging zwischen ihren Kollegen hin und her. „Ist euch das auch aufgefallen?“ fragte sie. „Sie hat nach dem Opfer gefragt – okay, das kann einfach vorgespielt gewesen sein. Aber als sie das Foto angeschaut hat, da ist was bei ihr passiert. Habt ihr das auch gesehen?“

Während Simon, der bei der Vernehmung mit am Tisch gesessen hatte, den Kopf schüttelte, sagte Olaf, der währenddessen am Bildschirm das Geschehen verfolgt hatte, sofort: „Ja, den Eindruck hatte ich auch. Ich hab gedacht, sie kennt den Mann.“

„Entweder das – dann könnte das bedeuten, dass sie möglicherweise doch ein Motiv hat; oder sie war sich nicht sicher – vielleicht hat er sie an jemanden erinnert, dem sie mal begegnet ist oder den sie flüchtig kennt. Dann hätte sie uns ja einen Hinweis geben können, aber das hat sie nicht getan. Also da ist noch irgendwas bei der Frau.“

„Ihr legt da vielleicht was rein in eure Beobachtungen, was gar nicht da war“, gab Simon zu bedenken. „Klar, sie hat das Foto eine Weile angeschaut – aber eher so wie eine, die genau hinsieht, ehe sie was sagt. Deshalb muss sie den Mann doch nicht gekannt haben."

Judith nahm einen Schluck von ihrem Milchkaffee. „Kann natürlich auch sein", räumte sie ein. „Aber meine Intuition sagt mir, dass da noch was dahintersteckt, was wir rauskriegen sollten."

Ihre Kollegen lachten. „Deine Intuition!" meinte Olaf mit leicht spöttischem Unterton, wie Judith heraushörte, und „Ach nee!" seufzte Simon.

„Gut, erst mal ist die Schmitt nichts weiter als die Halterin des Wagens, der hier das Tatwerkzeug ist. Der Caddy ist in der Fahndung, und wenn wir den haben, wissen wir mehr. Bist du mit der Identifizierung des Opfers weiter gekommen?" fragte Judith, an Olaf gewandt.

Der nickte, stand auf und kam mit einer umfänglichen Akte von seinem Schreibtisch zurück, die er in die Mitte des Besprechungstisches legte. „Das Foto hat nichts gebracht, aber der Fingerabdruck, den die KT gestern noch geschickt hat, der hat zu einer eindeutigen Identifizierung geführt: Tadeusz Manulski, 49 Jahre alt, aus einer polnischstämmigen Familie, war hier in Berlin im Drogenhandel aktiv und hat einen Kollegen von der OK erschossen. Er ist zu fünfzehn Jahren verurteilt worden. Kurz nach Ostern ist er aus der JVA Heidering entlassen worden. Die Akte hab ich noch nicht in Gänze durchgearbeitet." Er hob sie leicht an. „Da steckt ja einiges drin, die ist ganz schön dick."

„Das schaffst du!" meinte Simon und klopfte dem Kollegen leicht auf die Schulter.

Judith stand auf und griff nach ihrer über der Stuhllehne hängenden Jacke. „Und wir fahren in die JVA, Simon."

2

Seit Judith öfter mit dem Fahrrad als mit dem Mégane ins LKA fuhr, kam Simons schwarzer Golf häufiger zum Einsatz, und am liebsten fuhr Simon selbst, so wie heute. Das freundliche Wetter der letzten Tage setzte sich fort, und obwohl es an diesem Montagmorgen noch ziemlich kühl war, zeigte sich doch schon die Sonne. Judith schaute aus dem Fenster und sah ganze Straßenzüge, schließlich offene Landschaft, von Kiefern- und Birkenwäldchen durchsetzt, vorbeiziehen. In ihrem Kopf wirbelten Bilder aus dem Traum der vorigen Nacht herum. Sie hatte von Elli geträumt. Judith mochte Ellis ruhige Art, die manchmal kühl wirkte, wie unbeteiligt. Begeisterung flammte bei Elli auf, wenn sie von ihren Recherchen berichtete. Sie liebte es, verborgene Verbindungen zwischen Sachverhalten und Menschen aufzustöbern, sie liebte die Herausforderung vertrackter Geschichten. Wenn sie davon erzählte, stand ein Leuchten in ihren Augen. Elli konnte aber auch eine genaue Beobachterin sein, die Judith manchmal mit erstaunlichen Bemerkungen überraschte. Mit der etwa zehn Jahre jüngeren Elli empfand Judith fast eine Art Verwandtschaft, es gab mehr Ähnlichkeiten in ihrer beider Haltungen und Eigenschaften als es zwischen Judith und ihrer früheren Lebensgefährtin Hanna gegeben hatte. Deren Überschwänglichkeit, manchmal fast schon Exaltiertheit, und unruhige Unstetigkeit waren für Judith oft schwer auszuhalten gewesen.

Ein Habicht, der nur wenige Meter neben der Schnellstraße pfeilgerade auf eine Beute herunterstieß, riss sie aus ihren Gedanken.

Sie fuhren nach Südwesten. Die JVA Heidering war zwar eine Justizvollzugsanstalt des Landes Berlin, lag aber im Landkreis Teltow-Fläming in Brandenburg, nahe am

Autobahnring, die nächste Ortschaft war Großbeeren. Während der Fahrt hatte Judith bereits mit der Anstaltsleitung telefoniert und ihren Besuch angekündigt.

Bisher hatte es für sie keinen Anlass gegeben, diese erst vor wenigen Jahren erbaute JVA von innen zu erkunden, aber sie wusste, dass sie als eine der modernsten in ganz Europa galt. Knapp 700 erwachsene männliche Strafgefangene waren darin untergebracht. Von außen glich der graue Betonbunker einer Festung. Dieser Eindruck verstärkte sich bei Judith, während sie die verschiedenen Sicherheitsschleusen durchliefen, ihre Ausweise zeigen, ihre Waffen abgeben mussten. Umso erstaunter war Judith, als der Bunker sich mit hellen, freundlichen und farbigen Innenräumen von einer ganz anderen Seite zeigte. Die Rückseiten der Stuhllehnen in dem Aufenthaltsraum, in den die beiden Ermittler:innen geführt wurden, strahlten in klaren bunten Farben.

Ein schlanker, fast hagerer Mann mit kurzen grauen Haaren und einer randlosen Brille betrat den Raum, stellte sich als JVA-Leiter Walter Friedmann vor. Er setzte sich und legte ein paar lose Blätter vor sich auf den Tisch. Zu seinem grauen Anzug trug er ein schwarzes Hemd ohne Krawatte.

Im folgenden Gespräch erfuhren Judith und Simon, dass Manulski im Metallbereich der JVA eine Lehre als Werkzeugmacher absolviert und danach dort gearbeitet hatte – seine Leistung und seine Motivation wurden von seinem Meister als gut bezeichnet. In seiner freien Zeit blieb er gern für sich, machte Kraft- und Ausdauertraining, lieh sich regelmäßig Bücher aus und nahm an den sonntäglichen Gottesdiensten teil. Manulski bekam wenig Besuch, in den letzten Jahren – Friedmann schob den beiden Ermittler:innen jeweils eines der mitgebrachten Blätter hin – waren das seine Schwester Danuta Wojcik und sein Schwager Marian und manchmal kamen eine oder zwei oder alle drei ihrer Töchter mit. Unter den Mithäftlingen gab es keinen, dem Manulski sich näher angeschlossen hatte. Zwischen ihm und dem katholischen Pfarrer Ludwig Kapesser habe sich jedoch eine fast freundschaftlich zu nennende Beziehung über die Jahre entwickelt. Friedmann seufzte. Leider sei der Pfarrer wegen eines Bandscheibenvorfalls derzeit im St.-Joseph-Krankenhaus, aber er gehe davon aus, dass Herr Kapesser die Ermittlungen zum Mord an Tadeusz Manulski auf jeden Fall nach Kräften unterstützen würde, sie sollten sich also mit ihm in Verbindung setzen.

Er selbst, so versicherte Friedmann den beiden Ermittler:innen, könne nur sein Bedauern darüber ausdrücken, dass ausgerechnet Manulski, der sich so vollständig und so glaubwürdig von seiner kriminellen Vergangenheit gelöst hatte, Opfer eines Mordanschlags geworden sei.

3

Astrid hielt inne beim Aufnehmen des Schnittguts und sah die durch das dichter gewordene Blätterdach einfallenden Sonnenstrahlen ein filigranes Muster auf den Stamm einer Buche zeichnen. Wenn der Wind die Blätter bewegte, zitterte das Schattenbild wie eine zarte Spitzengardine. Ganz plötzlich endete das Schauspiel, als sich eine Wolke vor die Sonne schob. Astrid wandte sich wieder ihrer Arbeit zu. Mit ruhigen und doch energischen Bewegungen lud sie jeweils einen Schwung Zweige und kleine Äste auf die Gabel und warf sie in die Schubkarre. War diese gut gefüllt, fuhr sie das Schnittgut zehn zwölf Meter bis zu dem anwachsenden Haufen seitlich des Weges, lud es dort ab und sammelte die nächste Fuhre ein. Die regelmäßigen Handgriffe und Bewegungen, die Astrid in ihrem eigenen Tempo ausführte ohne jeglichen

Zeitdruck, übten eine stabilisierende Wirkung auf sie aus. Sie war ganz in ihrem Element, ihre Tätigkeit erfüllte sie mit Zufriedenheit und das ließ sie über gelegentliche nervige Begleiterscheinungen großzügig hinwegsehen. Astrid arbeitete am liebsten alleine vor sich hin und konnte es nicht leiden, wenn die Chefin sie aufforderte, eine begonnene Arbeit mittendrin zu unterbrechen, um Kolleg:innen bei deren Tätigkeit zu unterstützen. Auch mochte Astrid es lieber, ihre Körperkraft einzusetzen, als irgendwelche Maschinen, die – bis auf Kompaktlader und diverse Sägen – zum Glück eher selten gebraucht wurden. Am meisten verabscheute sie die lärmigen Laubbläser, die im Herbst zum Einsatz kamen und die sie komplett überflüssig fand. Trotz Ohrenschützern ging ihr das Geräusch der Kettensäge jedes Mal durch Mark und Bein, sie hatte dann das äußerst unbehagliche Gefühl, als zitterten ihre Knochen, während kleine Kälteschauer über ihre Haut liefen. War dann der Ast abgesägt oder der Stamm gefällt, kehrte nur kurz Ruhe ein, ehe die Säge sich weiter durch das Unterholz fraß. Trotzdem liebte Astrid ihren Arbeitsplatz, diesen weitläufigen, stellenweise verwilderten Waldfriedhof, dessen Natur über mehr als hundert Jahre hindurch fast ungestört geblieben war und allerlei Getier eine Heimat bot.

Früher, als Astrid voller Abenteuerlust gefährliche Situationen geradezu gesucht, sich dem Nervenkitzel riskanter Unternehmungen absichtsvoll ausgesetzt hatte, hätte sie sich niemals träumen lassen, dass so ein gewöhnlicher Alltag mit seinen gleichförmigen, zuverlässigen Handgriffen in ihr ein solches Gefühl von innerer Ruhe und Ausgeglichenheit schaffen würde. Hier fühlte sie sich eingebunden in den langsamen Wechsel der Jahreszeiten, in den Rhythmus von Wachsen und Vergehen, und in dieser beständigen Veränderung empfand sie eine tiefe Geborgenheit.

Während sie früher in atemberaubender Schnelligkeit, wie getrieben und permanent auf der Suche nach neuen Reizen und Risiken unterwegs gewesen war, hatte sie in ihrem neuen Leben, das nun auch schon einige Jahre währte, mit der Zeit eine immer stärker ausgeprägte innere Unabhängigkeit entwickelt. Sie fühlte sich sicher und souverän, ja geradezu geerdet. Ein leichtes Lächeln zog durch ihr Gesicht. Klar, für eine Gärtnerin war das wohl das passende Bild.

Der Haufen mit Schnittgut wuchs und wuchs unter Astrids regelmäßigem Nachschub. Sie dachte daran, wie sie damals ohne zu zögern die Entscheidung für eine Ausbildung im Garten- und Landschaftsbau getroffen hatte. Das war ein spontaner Entschluss gewesen und er hatte sich als richtig erwiesen. Am Anfang musste sie sich regelrecht in ihr neues Leben hinein kämpfen, denn einfach alles war anders als vorher. Sie musste sich selbst neu erfinden. Damals hatte sie die erstaunliche Entdeckung gemacht, dass sie – anders als erwartet, ja befürchtet – gar keine alten Wurzeln kappen musste: Die gab es gar nicht. Mit Leichtigkeit ließ sie Bindungen und Beziehungen zu Menschen, Orten, Tätigkeiten hinter sich und tauchte ein in die Abläufe der Natur, in den Rhythmus beständiger Verwandlung, als deren Teil sie sich mehr und mehr empfand. Sie fühlte sich sicher. Was sollte ihr passieren? Selbst die Tatsache, dass auf einmal, nach so vielen Jahren, Tadzio wieder aufgetaucht war, konnte ihr neues Leben nicht gefährden. Als sie gestern Abend das alte Foto, das sie gegen alle Regeln behalten hatte, endlich gefunden hatte, schaute sie es lange an, ehe sie es verbrannte. Sie selbst hatte damals so jung ausgesehen und zu jedem Abenteuer bereit. Aber das war ein anderes Leben, das war lange vorbei.

4

„Sehr merkwürdig", murmelte Simon vor sich hin, während sie auf der A 115 zurück nach Berlin fuhren. „Vom Dealer zum Heiligen oder so, was für eine Karriere."

„Das muss ja nicht wirklich stimmen, auch wenn es auf den ersten Blick so aussieht", meinte Judith nachdenklich. „Wir wissen einfach noch zu wenig über den Manulski. Er war sicher kein Zufallsopfer. Jemand hat es auf ihn abgesehen, jemand mit einer Riesenwut, und dafür gibt es vermutlich Gründe." Sie dachte an den durch den Aufprall zerstörten Körper, dessen Bild sich ihrem Gedächtnis eingegraben hatte. Als sie die Plane gehoben und den Toten betrachtet hatte, war es ihr vorgekommen, als könnte sie noch die Wucht spüren, mit der das Auto den Körper erfasst und weggeschleudert hatte. Als wäre da noch ein Beben und Zittern in der Atmosphäre. Und dann das Gesicht, das wie durch ein Wunder nahezu unverletzt geblieben war. Die offen stehenden Augen, die blicklos ins Nichts starrten, aber seltsamerweise ohne den Ausdruck von Angst oder Schrecken, sondern – ja, wie? Judith suchte in Gedanken nach dem richtigen Wort. Ergeben? Hatte der Tote sich in sein Schicksal ergeben? Nahm er es an? Hatte er einen Anschlag auf sein Leben erwartet? Wohin hat es mich da verschlagen, dachte Judith, irritiert über sich selbst, und spürte einen kalten Schauer über ihren Rücken laufen.

Sie warf einen Blick auf die losen Blätter, die Friedmann ihnen mitgegeben hatte, fotografierte sie für Olaf und schickte sie ihm mit ein paar ergänzenden Informationen. Inzwischen war ihr professionelles Selbst wieder im Einsatz.

„Das St.-Joseph-Krankenhaus ist in Tempelhof, Nähe Südkreuz, Manulskis Schwester wohnt in Schöneberg in der Hauptstraße, also nahe zusammen", informierte sie ihren Kollegen.

„Zuerst ins Krankenhaus?" fragte Simon.

Judith nickte. Nach einer kleinen Weile lachte sie leise. Sie bemerkte Simons erstaunten Blick. „Ich bin mal auf den Pfarrer gespannt", sagte sie dann. „Meine ostpreußische Oma, die war ihr Leben lang sehr geprägt durch ihren Glauben. Sie war Protestantin, eine sehr menschenfreundliche, großzügig, hat alle Schicksalsschläge, Krieg und Flucht und den Tod ihres Mannes, angenommen ohne zu hadern." Judith schüttelte den Kopf. „Das habe ich als Jugendliche überhaupt nicht nachvollziehen können. Meine Oma hat, seit ich denken kann, immer schwarz getragen, sie war lebenslang in Trauer. So richtig in Fahrt kam sie, wenn es um den Katholizismus ging. Das war in ihren Augen eine scheinheilige Religion: Man konnte als Katholik jede Sünde begehen, Hauptsache, man beichtete hinterher und betete zehn Vaterunser, dann war man alles wieder los und hatte eine weiße Weste bis zur nächsten Verfehlung."

„Oha, da hat sie Recht mit ihrem Unbehagen", meinte Simon. „Und was machen die Protestanten, wenn sie gesündigt haben?"

„Das ist es ja: So weit sollte es gar nicht kommen. Bei den Protestanten gibt es keine Beichte, da gibt es nur das gottgefällige Leben", erklärte Judith, wobei sie ein Schmunzeln nicht unterdrücken konnte.

„Ganz schön anstrengend! Der Gott der Protestanten scheint mir über geringe Menschenkenntnis zu verfügen. Da geht es ja dann wohl ziemlich streng und asketisch zu. Was bin ich froh, dass ich als fröhliches Heidenkind aufgewachsen bin!"

5

Olaf hatte letzte Nacht schlecht geschlafen, genau genommen war er immer wieder aufgewacht und konnte nicht wieder einschlafen. In diesen Zustand innerer Unruhe geriet er immer häufiger, seit sein ältester Sohn oft erst in der Nacht nach Hause kam. Der siebzehnjährige Jonas, der seit etwa einem Jahr bei Olaf und dessen Lebensgefährtin Sina in Schöneberg wohnte, während seine beiden jüngeren Geschwister weiterhin bei der Mutter lebten, hatte sein Zimmer unterm Dach; im Stockwerk darunter lag die Wohnung, die Olaf und Sina bewohnten. Olaf hörte die Schritte seines Sohnes im nächtlichen Treppenhaus, sein Blick ging zum Wecker, der dann meistens eine frühe Morgenstunde anzeigte, ehe er sich seufzend zur Seite drehte und hoffte, jetzt endlich wieder einschlafen zu können. Zum Glück schlug Rio nicht an, wenn er Jonas‘ Schritte im Treppenhaus hörte, dann würde Sina auch noch wach werden.

In diesem übermüdeten Zustand fiel es ihm besonders schwer, sich durch die dicke Akte zu arbeiten. Manche Passagen musste er zwei- und dreimal lesen, ehe er den Inhalt erfasst hatte. Nach dem zweiten Milchkaffee nahm er sich vor, sich wirklich nur auf den roten Faden zu konzentrieren, und das schien ihm die kriminelle Laufbahn Tadeusz Manulskis zu sein; die zahlreichen zusätzlichen Informationen würde er dann nach und nach erschließen.

Manulski, in Spandau aufgewachsen in einer polnischstämmigen Familie, war seit seiner Kindheit mit Kadir Yılmaz befreundet, Sohn einer arabischstämmigen Großfamilie, die im selben Haus wie die Manulskis lebten. Die beiden Jungs begannen früh, Drogen zu konsumieren und sie auch zu verticken, sie überfielen Gleichaltrige, nahmen ihnen Geld, Handys, Markenklamotten weg und verscherbelten, was sich zu Geld machen ließ, und so ging es weiter, bis die beiden es schließlich mit Mitte Ende zwanzig zu Bossen einer Drogendealertruppe mit vielfältigem Portfolio gebracht hatten. Eine klassische kriminelle Karriere also, und im Ergebnis machte gerade diese Truppe den Kolleg:innen von der Organisierten Kriminalität, Bereich Rauschmitteldelikte, das Leben besonders schwer, weil ihre Mitglieder ebenso schlagkräftig wie vorsichtig nach außen und nach innen absolut loyal untereinander waren. Aus Konkurrenzkämpfen mit rivalisierenden Gruppen ging Manulskis Truppe stets gestärkt hervor und baute ihr Imperium stetig weiter aus. Obwohl sie von der OK über längere Zeiträume beobachtet wurden, was viele Leute band, gab es keine greifbaren Ergebnisse, die zu Verhaftungen und rechtssicheren Anklageerhebungen hätten führen können. Dies änderte sich erst, als ein verdeckter Ermittler in Manulskis Truppe eingeschleust wurde – die Ermittlungslage verbesserte sich nach und nach, sie erhielten Namen von Komplizen und Mittelsleuten, Hinweise auf Treffpunkte und Übergabeorte. Bei einer größeren Drogentransaktion in einem Industriegebiet bei Oranienburg schließlich sollte der Zugriff erfolgen – aber diese generalstabsmäßig vorbereitete Aktion geriet außer Kontrolle. Manulski und seine Leute sowie die Drogenlieferanten konnten zwar festgesetzt und enorme Rauschmittelmengen beschlagnahmt werden, aber ein Kollege von der OK wurde erschossen, ein anderer verletzt, und durch Schüsse tödlich verletzt wurde auch Dennis Heimberg, einer aus Manulskis Truppe. Aufgrund der sorgfältig ermittelten Beweislage gelang es, Manulskis Leute allesamt hinter Schloss und Riegel zu bringen. Manulski und Yılmaz, die beide bewaffnet gewesen waren und von ihren Schusswaffen Gebrauch gemacht hatten, erhielten 15 Jahre Haft, Adam Stokowski, Kevin Schuster und Tina Galati jeweils zehn Jahre, die Verfahren gegen Jenny Goebel und Sandra Ullmann wurden wegen Geringfügigkeit eingestellt.

Aber wer war der verdeckte Ermittler und was wurde aus ihm? Informationen zu seiner Person konnte Olaf in der umfangreichen Akte keine finden. Mutmaßlich brauchte er weitere Akteneinsichten, um mehr zu erfahren. Es ging jedoch aus der Akte, die ihm vorlag, klar hervor, dass ohne die Arbeit des verdeckten Ermittlers keine rechtssichere Anklageerhebung hätte erfolgen können. Der unbekannte Kollege hatte also hochprofessionell und effektiv gearbeitet. Den Unterlagen, die Olaf vor sich hatte, entnahm er, dass es einiger Untersuchungen bedurfte, um definitiv zu klären, mit wessen Waffe der Kollege von der OK, Hauptkommissar Jan Triebel, erschossen worden war. Es war eine SIG Sauer P226, Kaliber 9, deren Herkunft nicht geklärt werden konnte. Anhand der Fingerabdrücke wurde sie Manulski zugeordnet. Im Prozess hatte er allerdings bestritten, den tödlichen Schuss abgegeben zu haben. Aufgrund der Indizienlage wurde er jedoch wegen Totschlags verurteilt.

Von dieser Tatsache, hielt Olaf fest, mussten sie also ausgehen: Manulski hatte einen Polizisten erschossen. Das war durchaus ein Motiv, ihn aus dem Weg zu räumen. Da gab es also jemanden, der dem entlassenen Gefangenen ein Leben in Freiheit nicht gönnte. Jemand, der auf Rache sann und ebenso kaltblütig wie brutal zugeschlagen hatte.

6

Der korpulente ältere Mann stand etwas wackelig vor seinem Rollator. Judith hatte, je näher sie kamen, umso deutlicher den Eindruck, dass er leicht zitterte. Ein Pfleger, den sie nach Ludwig Kapesser gefragt hatten, hatte den hellen, trittgedämmten Flur entlang gezeigt, an dessen Ende in einer Art Erker, der fast nur aus hohen Fenstern zu bestehen schien, sich einige Patient:innen von der Maisonne wärmen ließen.

„Herr Kapesser?" Judith blieb vor dem Mann mit dem Rollator stehen. Mit einem Blick umfasste sie seine Erscheinung: die blitzenden dunklen Knopfaugen hinter der runden Metallbrille, die von einem spärlichen blondgrauen Haarkranz gesäumte Glatze, die vielen kleinen Fältchen in dem freundlichen Gesicht mit den gut gepolsterten Wangen.

Das Zittern hörte für einen Moment auf.

„Ah, die Kommissare", sagte der Pfarrer mit erstaunlich kräftiger Stimme, was dazu führte, dass sich die Augen aller anderen Patient:innen der kleinen Gruppe umgehend zuwandten. Judith seufzte und warf ihrem Kollegen einen resigniert-ergebenen Blick zu. Das waren sie gewöhnt, dass ihr Erscheinen meistens Erschrecken und Irritation auslöste, oft auch Neugier, selten Freude. Simon zuckte leicht mit den Schultern. Judith stellte sich und ihren Kollegen vor und fragte, wo sie sich ungestört unterhalten könnten.

Während der untersetzte Mann, den Judith auf Ende Fünfzig schätzte, sich langsam mit seinem Rollator den Gang entlang in Bewegung setzte, erzählte er von seiner Operation und den Schwierigkeiten, wieder gehen zu lernen. „Isch bin halt auch so ebbes vun ungeduldisch!" erklärte er mit einem breiten Lächeln. Seine Herkunft aus dem Südwesten, aus Hessen oder der Pfalz, konnte oder wollte er jedenfalls nicht verleugnen, dachte Judith, und die eher laute Stimme schien sowohl zu seinem Naturell als auch zu seinem Beruf zu gehören.

In seinem Zimmer angekommen – der Bettnachbar war bei der Physio, informierte Kapesser die Ermittler:innen – ging der Pfarrer weiter sehr langsam vor der Fensterfront auf und ab, wobei sich sein Zittern nach und nach verlor. Simon hatte sich an den kleinen viereckigen Tisch gesetzt und sein Notizbuch herausgeholt, während Judith neben Kapesser herging und das Gespräch führte.

Ludwig Kapesser erwies sich als dem Leben und den Menschen vorbehaltlos zugewandt, einer, für den das Glas immer halb voll war, niemals halb leer. Den Häftling Tadeusz Manulski kannte er seit dessen Überstellung in die JVA Heidering vor fünfzehn Jahren und im Laufe der Zeit hatte sich eine freundschaftliche Beziehung zwischen den beiden Männern entwickelt, deren Grundlage der gemeinsame Glaube war.

„Der Tadeusz hot sisch komplett von dem kriminelle Milieu abgewendet, des könnense mer glauwe! Wirklisch komplett!" Ludwig Kapesser unterstrich seine Aussage mit einer weit ausholenden Bewegung des rechten Arms, die seine Stabilität kurzzeitig beeinträchtigte. Manulski habe an seine katholisch geprägte Kindheit anknüpfen können und in seinem Glauben Orientierung gefunden. Kapesser gab hierzu mehrere anschauliche Beispiele aus seinen Gesprächen mit dem Häftling. Judith hörte seinen weitschweifigen und wortreichen Erzählungen gerne zu, bemerkte aber, dass es ihrem Kollegen durchaus anders ging: Simons Blick blieb mehrmals auf seinem Handydisplay hängen, das die Uhrzeit zeigte.

„Un deshalb hab' ich ihm dene Job in der Matthäus-Kirsch verschafft, den Pfarrer dort kenn' isch noch von frieher", sagte Kapesser gerade.

„Was ist das für ein Job?" fragte Judith.

„Na so als Hausmeister, als Mädsche fier alles, der Tadeusz hot jo alles Meglische gemacht und gedan, der war zuverlässisch, der war grindlisch un der konnt' eischentlisch alles, was do so anfalle tut in so 'ner alte Kirsch. Na un er hätt' driwwe in der Wohnanlag, gegenüber vun der Kirsch, ä klaan Wohnung beziehe könne, er hätt' gut verdient und des wer' doch ä super Einschtiesch geworde in ä ganz normales gudes Lebe."

Kapesser sank auf den Sitz seines Rollators, seine Schultern fielen nach vorn, er senkte den Kopf. Mit der rechten Hand wischte er sich ein paar Tränen von den Wangen.

„Isch hab den Tadeusz so gemocht, des konnt' isch zuerst gar nit fasse, dass den einer totgefahrn hott. Wer macht denn so ebbes?" Seine Stimme war leiser geworden. Er schaute zu Judith hinüber, die ihn voller Mitgefühl betrachtete.

„Herr Kapesser", griff Simon in das Gespräch ein, „Sie haben uns versichert, dass Manulski mit dem Drogenhandel und mit den Leuten, mit denen er damals zu tun hatte, absolut nichts mehr zu schaffen hatte. Er hatte also auch keine offene Rechnung mehr mit irgendjemandem aus seiner früheren Clique? Oder gab es da noch den einen oder anderen, der Manulski irgendwas heimzahlen wollte, den er sich zum Feind gemacht hat, der sich an ihm rächen wollte?"

Ludwig Kapesser hatte dem Ermittler aufmerksam zugehört und den Kopf geschüttelt. Dann schob er sich mühevoll hoch und nahm seine Wanderung wieder auf. Judith und Simon wechselten einen Blick.

Plötzlich blieb der Pfarrer wieder stehen und wandte sich zu Judith um. „Na ja, doch. In dene erschde Jahre hot ihn beschäftigt, wer ihn un seine Leit higehängt hot."

„Was meinen Sie? Dass es einen Spitzel gegeben hat?" fragte Judith schnell.

Kapesser nickte bedächtig. „ Er hot Verräder gsaad." Kapesser holte mit seinem rechten Arm schwungvoll aus. „Was im Prozess alles zur Sprach kumme is, so ganz akkurad un mit alle meglische hieb- und stichfeste Beweise – des konnt' nur einer wisse, der mitte drinne war. Und ebe des hot de Tadeusz anfangs beschäftigt. Späder dann war ihm des auch egal. Da hot nur noch gezählt, dass er mit sisch un mit seinem Gott im Reine war."

7

Aus der spiegelnden Scheibe der Terrassentür schaute ihn sein von tiefen Falten durchfurchtes, ausgezehrtes Gesicht an. Krankheit und Schmerzen hatten ihre Spuren darin eingegraben. Nüchtern betrachtete er die müden Augen, den resignierten Zug um den Mund. Sein Blick glitt über den bis zur Zerbrechlichkeit mageren, langgestreckten Körper, der in einer hellbraunen Hose und einem olivgrünen Polo-Shirt steckte. Er war jetzt achtundsechzig Jahre alt und fühlte sich wie einer, der am Ende seines Lebens angekommen war. Wie viel Zeit ihm noch blieb, wollte er gar nicht wissen. Gedankenverloren schaute er hinaus in den grünen Garten, der eher einem gepflegten Park glich – eine Rasenfläche mit kleinen Inseln, auf denen Sträucher und Stauden wuchsen, nach hinten begrenzt durch eine fast zwei Meter hohe Thuja-Hecke, die das Grundstück zur Straße hin abschottete. Nichts hören, nichts sehen, nichts fühlen.

Er wandte sich von seinem Spiegelbild im Fenster der Terrassentür ab und ging mit staksenden Schritten hinüber ins Esszimmer, wo seine Medikamente an seinem Platz am Tisch lagen. Aus der danebenstehenden Karaffe goss er Wasser in ein Glas, nahm mehrere Tabletten gleichzeitig in den Mund und schluckte sie mit einem Ruck. Bis zum Abendessen, das er meistens schon zwischen fünf und sechs Uhr einnahm, war noch Zeit. Dann würde er in der Küche nachschauen, was Frau Mühlisch bereitgestellt hatte. Für ihn gab es eigentlich gar keinen Anlass, die Dahlemer Villa zu verlassen – außer zu seinen regelmäßigen Arztterminen. Und manchmal hatte er das Bedürfnis, sich in seinen BMW mit Automatikgetriebe zu setzen und durch die Straßen zu rollen, einfach, um sich zu vergewissern, dass da draußen alles noch so war, wie er es kannte.

Frau Mühlisch besorgte den Haushalt und kaufte ein, machte Termine mit dem Gärtner, der Friseurin und dem Physiotherapeuten, die ins Haus kamen, und leistete ihm gelegentlich Gesellschaft beim Mittagessen, wenn er sie darum bat. Am frühen Nachmittag verließ sie die Villa, um anderntags gegen acht wiederzukommen. Seit vierzehn Jahren arbeitete Frau Mühlisch für ihn, und er hatte sich noch nie gefragt, wie ihr Leben außerhalb seines Anwesens aussah. Dieser Gedanke überraschte ihn unangenehm wie ein plötzlicher Schauer. Warum sollte ihn dies auch interessieren? Sein Leben war schon so viele Jahre, genau genommen seit damals, wie in Stücke gebrochen, nichts mehr war heil und ganz. Mehrere schwere Erkrankungen hatten seinen Körper ausgezehrt, mit Alkohol- und Medikamentenabusus war er gerade so durch den Rest seiner Berufstätigkeit gekommen und hatte sich in der Freudlosigkeit seines Alltags eingerichtet wie in einem unbequemen Sessel. Es gab nichts, wofür er sich interessierte, was seine Neugier weckte. Immerhin breitete sich unerwartet so etwas wie Genugtuung in ihm aus, weil sein alter Rivale nun ein für allemal weggefegt und in lauter kleine Fitzelchen zerstoben war.

8

„Na das ging ja flott! Was habt ihr?" Olafs Stimmung hellte sich schlagartig auf bei der Nachricht, dass der Caddy aufgetaucht war. Anton Margraf, sein Kollege von der Spurensicherung, stand vor ihm und hielt einen Packen Blätter und Fotos in der Hand.

„Ich hab dir das alles auch per Mail geschickt, aber du hast ja gern alles auf Papier, hier bitte!" Damit reichte er Olaf die Ausdrucke über den Schreibtisch.

Olaf nahm sie dankend entgegen und schaute Anton erwartungsvoll an. „Und noch lieber habe ich es natürlich, wenn du das Ganze auch noch in Prosa fasst. Ich höre?"

Anton lachte und setzte sich auf eine Schreibtischecke. „Gut, also: Es ist definitiv der Caddy, der auf die Schmitt zugelassen ist, das sagen uns die Reste der Identifikationsnummer. Er ist komplett ausgebrannt, und diese verkokelten Reste können uns leider gar nichts mehr erzählen. Irgendwelche Spuren können wir komplett vergessen."

„Mist!" entfuhr es Olaf. „Das war ja fast zu erwarten. Aber blöd ist es trotzdem. Wir haben ja bisher rein gar nichts. Wo war das Auto denn?"

„Genau, dazu wollte ich grade kommen." Anton hob die rechte Hand. „Immerhin haben wir ja das Auto. Es stand seitlich eines Waldwegs oberhalb der Havelchaussee im Grunewald. Zum Glück haben die umstehenden Bäume nicht Feuer gefangen. Jedenfalls hat irgendein Mensch mit Hund, der am Montag dort unterwegs war, den Förster angerufen, weil das Wrack noch leise vor sich hinkokelte. Der Förster hat sich umgehend bei uns gemeldet und wir haben unseren Job gemacht. Auch wenn jetzt nicht wahnsinnig viel Hilfreiches für euch dabei rumkommt."

„Wenn das Auto am Montag ausgebrannt dort stand, dann hat der Täter es also in der Nacht davor dorthin gebracht und angezündet", überlegte Olaf. „Morgens um elf hat er Manulski damit überfahren, dann hat er das beschädigte Auto irgendwo untergebracht, wo es nicht gesehen werden konnte, und in der Nacht ist er dann in den Grunewald gefahren."

„So siehts aus", bestätigte Anton Olafs Gedankengang. „Und von dort muss er ja wieder weggekommen sein – er brauchte also einen Komplizen oder ein Fahrrad oder sonst was oder er ist gut zu Fuß und hatte Lust auf eine Nachtwanderung." Anton lachte leise. „Nachts im Wald, das stelle ich mir nicht so angenehm vor. Da sind ja auch Wildschweine unterwegs, die sind nicht ungefährlich."

Olaf nickte. Die Erwähnung der Wildschweine erinnerte ihn daran, dass Rio, Sinas Hund, vor Jahren einmal von einer Bache verletzt worden war, die Frischlinge führte. Zum Glück war Rio nicht viel passiert, aber die lange Narbe im Nacken sah man heute noch, wenn er frisch geschoren war.

„Nachts ist ja nicht viel los auf den Straßen", sagte Anton gerade, „das verführt manche dazu, schneller zu fahren als sie dürfen. Vielleicht ist euer Mörder ja geblitzt worden – das wäre genauso gut wie seine DNA am Auto!"

„Schon, aber das wird dauern, bis wir da was kriegen." Olaf seufzte. „Und im näheren Umfeld des Autos – habt ihr da noch was gefunden?"

Anton, schon im Begriff zu gehen, blieb stehen. „Naja, ein paar leere Bierflaschen, ein paar Kippen, das Übliche, aber keinen Brandbeschleuniger oder einen Ausweis oder so was. Da war jemand sehr vorsichtig."

9

„Mein Bruder?" fragte sie ungläubig und ihre Unterlippe zitterte.

Judith nickte. „Es tut mir sehr leid, Frau Wojcik. Er war sofort tot."

Danuta Wojcik, eine zierliche dunkelhaarige Frau um die Vierzig, lehnte sich zitternd an die Wand hinter ihr. Sie standen in einem winzigen Nebenraum der Bäckerei, in der Manulskis Schwester als Verkäuferin arbeitete. In der Wohnung in der Hauptstraße hatten die Ermittler:innen die drei jugendlichen Töchter der Wojciks vorgefunden und erfahren, dass ihr Vater Marian, ein Busfahrer, demnächst von seiner Schicht nach Hause käme und die Mutter Danuta wenige Minuten entfernt in der Bäckerei an der Ecke Dominicusstraße/Hauptstraße arbeitete.

Während im Verkaufsraum immer wieder die Türklingel ging und Wort- und Satzfetzen in das winzige Räumchen hinter dem Laden drangen, hatte Danuta sich, immer noch zitternd und von Schluchzern geschüttelt, auf einen hölzernen Klappstuhl gesetzt, den Simon ihr hingestellt hatte.

Judith und Simon wechselten einen Blick, dann ging Simon kurz hinaus, um gleich darauf wiederzukommen. Er nickte seiner Kollegin zu.

„Frau Wojcik, wir bringen Sie jetzt nach Hause", sagte er zu der weinenden Frau und legte ihr eine Hand auf die Schulter. „Ihre Chefin ist einverstanden. Sie sagt, Sie können morgen zu Hause bleiben."

Als sie auf die Straße traten, hatte es leicht zu nieseln begonnen. Judith warf einen Blick in den hellgrauen Himmel. Sie entschieden sich nach kurzem Austausch, die kurze Strecke zu Danuta Wojciks Wohnung in der Hauptstraße zu Fuß zurückzulegen. Bis sie Simons Auto erreicht hätten, im Stau elend langsam vorangekommen wären und dann erneut einen Parkplatz gefunden hätten, würde es deutlich länger dauern. Danuta Wojcik ging langsam und mit gesenktem Kopf zwischen den beiden Ermittler:innen und wischte sich mit der Hand mehrmals Tränen aus dem Gesicht. Immer wieder kamen ihnen eilige Menschen entgegen, manche mit Einkäufen bepackt, andere schoben Kinderwagen oder führten einen Hund an der Leine, andere überholten sie rempelnd. Judith hatte spontan den Impuls, die kleine Frau zu beschützen, die sich bewegte wie von einer Schnur gezogen und kaum wahrnahm, was um sie herum vorging.

Kaum hatten die drei die Wohnung betreten, die sich im zweiten Stock des Quergebäudes im ersten Hof befand, begann ein lautes Durcheinanderreden, unterbrochen von Schluchzen und Weinen, in das die ganze Familie Wojcik einbezogen war.

Judith und Simon blieben mit dem Rücken zur Wohnungstür im Flur stehen und warteten. Danuta Wojcik ging, umflattert von ihren drei Töchtern, in die geräumige Wohnküche, wo sie einen Wasserkessel füllte und auf die Gasflamme stellte. Ihr Mann, einen Kopf größer als sie, trug einen dunklen Vollbart und fuhr sich mehrmals beidhändig durch seine kurzen dunklen Locken. Er bat die Ermittler:innen mit einem von einer einladenden Geste begleiteten „Kommen Sie!“ in die Küche.

In die plötzliche Stille schrillte die Pfeife des Wasserkessels. Frau Wojcik goss Tee auf, stellte die Kanne und mehrere Becher auf den mit einer hellgrünen Wachstuchtischdecke bezogenen Tisch und blieb hinter einem Stuhl stehen, beide Hände auf dessen Lehne gestützt.

„Setzen Sie sich!“ sagte Marian Wojcik und sah Judith und Simon an. „Wie können wir Ihnen helfen?“

Nachdem sich alle geräuschvoll gesetzt hatten und einen dampfenden Teebecher in den Händen hielten, begann Judith damit, der ganzen Familie ihr Beileid auszusprechen zum Tod des Bruders, Schwagers und Onkels. Sie erklärte, dass sie so viele Informationen wie möglich über Tadeusz Manulski bräuchten, um sich ein Bild von seiner Vergangenheit und seiner aktuellen Situation zu machen, von seinen Verbindungen und Plänen, von seinen Freunden und seinen Feinden.

Die Ermittler:innen erfuhren, dass Manulski in den nächsten Tagen seine neue Wohnung beziehen und seine Arbeit antreten wollte; dass seine ganze Habe sich in der braunen Reisetasche befand, die er aus der JVA mitgebracht hatte; dass Marian seinen Schwager am Sonntag auf dem Weg zum Dienst an der Kirche abgesetzt hatte und dass sie aus den Besuchen während seiner Haft und aus den Gesprächen danach, als Manulski hier bei ihnen gewohnt hatte, ganz sicher wussten, dass er mit seiner kriminellen Vergangenheit restlos gebrochen hatte. Marian und Danuta Wojcik konnten auch auf Nachfrage sich nicht vorstellen, wer ihren Schwager und Bruder so sehr hasste, dass er ihn auf so brutale Weise ermordet hatte. Danuta konnte es noch immer kaum fassen, dass ihr Bruder, der nach fünfzehn Jahren endlich wieder ein freier Mann war, so grausam aus ihrem Leben verschwand, noch bevor er überhaupt Zeit gehabt hatte, seine drei Nichten wirklich kennenzulernen.

Marian holte die Reisetasche seines Schwagers und stellte sie auf den Tisch. Simon zog den Reißverschluss auf, er sah ordentlich zusammengelegte Kleidungsstücke, eine Bibel, einen kleinen Taschenkalender, in dem er beim Durchblättern einige Einträge fand, und einen Briefumschlag, der einige Fotos enthielt, sowie eine in viel Gold und Blau auf Holz gemalte Ikone, die Maria mit dem Jesuskind zeigte. Simon legte die Fotos nebeneinander auf den Tisch, es waren ganz offensichtlich Familienfotos – Babyfotos der Mädchen, Danuta mit den Kindern, Danutas Familie mit den Großeltern – bis auf zwei. Auf diesen sah man einen deutlich jüngeren Manulski neben einer jungen Frau mit langen dunklen Haaren. Sie lachten und sahen glücklich aus.

„Das ist Jenny“, sagte Danuta leise, „Tadeusz‘ Freundin.“

10

Der Zug durchfuhr die zunehmend in der Dämmerung verschwindende Landschaft. Während deren Umrisse mehr und mehr verschwammen, nahm Ellis Spiegelbild in der Fensterscheibe immer klarere Züge an. Die Fahrt nach Jena hatte sie angestrengt, sie war froh, dass sie bald zuhause sein würde und endlich schlafen konnte. Es war eine seltsame Anspannung, die von ihr Besitz ergriffen hatte. Dabei mochte sie Jena, mochte Bettina, ihre Tante, die sie und ihre Mutter damals aufgenommen hatte. Eine Stadt mit einem Bahnhof, der „Paradies“ hieß und an einem Flüsschen lag, in dessen graubraunem Wasser alte Trauerweiden ihre Zweige treiben ließen, mit einer Altstadt voller verwinkelter Gässchen und windschiefer alter Häuschen, mit schönen Jugendstilgebäuden und eingebettet in Wälder auf sanft geschwungenen Hügeln – die musste man einfach mögen. Als Elli und ihre Mutter damals Hals über Kopf in Jena angekommen waren, war Elli zumute, als sei sie mitten in einem Albtraum, aus dem sie hoffentlich gleich aufwachen würde. Sie stand damals kurz vor dem Abitur, war viel mit ihrer Clique unterwegs, zum Lernen, zum Chillen, zum Tanzen, zum Klönen, und hatte gar nicht mitbekommen, dass zwischen ihren Eltern Krieg ausgebrochen war. Zuerst dachte sie genervt, aha, der Klassiker – ihr Vater hatte eine jüngere Geliebte und wollte mit ihr in ein neues Leben starten und alle Brücken hinter sich abbrechen. Wenn sie ehrlich war, hätte sie ihn gar nicht vermisst. Sie sah ihren vielbeschäftigten Vater ohnehin nur selten, während sie sich mit ihrer Mutter, einer Lehrerin für Deutsch und Geschichte, gut verstand und eng mit ihr verbunden war. Die Mutter war es auch, die Elli ins Vertrauen zog und ihr unter Tränen erzählte, wie die Sache stand. Elli begriff, dass weniger die Tatsache an sich ihre Mutter dermaßen verletzte, dass sie vor Kummer und Verzweiflung nicht mehr weiter wusste, sondern die Härte, ja Brutalität, mit der ihr Vater Frau und Tochter aus seinem, aber eben auch aus ihrem bisherigen Leben drängte. Er wollte, dass sie „sein Haus“ schnellstmöglich verließen, damit seine Geliebte einziehen konnte. Er warf sie raus, nahm ihnen von heute auf morgen ihr Zuhause. So war es. Er ließ nicht mit sich reden, wollte einfach nur schnellstmöglich das Haus für sich und die Andere haben.

Ellis Mutter versuchte, so gut es ging, ihr Gesicht zu wahren. Sie ließ sich krankschreiben, meldete Elli von der Schule ab und besprach sich mit ihrer Schwester, die ihr anbot, sie und Elli in ihrem Haus in Jena aufzunehmen. Der Umzug, wenn man es so nennen konnte, war eine Nacht-und-Nebel-Aktion, eine Flucht aus einer unhaltbaren Situation. Während es Elli in den kommenden Wochen unter Aufbietung aller Kräfte und aller Tapferkeit, die sie aufbringen konnte, nach und nach gelang, in der Stadt, die sie nur von Besuchen bei der Tante kannte, und in der neuen Schule Fuß zu fassen, schaffte ihre Mutter keinen neuen Anfang. Sie lebte nur noch von Tabletten, wenn man das überhaupt noch leben nennen konnte. Sie versuchte zu funktionieren. Wirklich helfen konnte ihr niemand mehr. Als Elli eines Morgens ins Bad kam, fand sie ihre Mutter im Schlafanzug in der Wanne, das Wasser rot von Blut. Bis zum heutigen Tag sah Elli dieses Schreckensbild vor sich. Das blasse Gesicht ihrer Mutter, die entspannten Züge, den zur Seite gefallenen Kopf. Das ganze Blut. Damals wie heute wusste sie, dass sie ihrem Vater nie würde verzeihen können, was er und seine Neue ihrer Mutter angetan hatten.

Dienstag, 9. Mai

1

Judith streckte die Arme lang nach hinten oben, bis sie es knacken hörte. Sie saß mit ihren beiden Kollegen um den Besprechungstisch, wo sie zusammentrugen, was sie bis jetzt ermittelt hatten. Es war erst kurz nach acht, aber ihr rauchte der Kopf, als säßen sie schon Stunden hier. Sie stand auf und kippte das Fenster, vor dem die Grünlilie stand mit ihren üppig herunterhängenden schmalen grünen Blättern.

„Ich versuch mal zusammenzufassen, was wir jetzt auf dem Tisch haben", sagte sie ruhig und setzte sich wieder. „Wir haben das ausgebrannte Auto, das allerdings keine Spuren mehr liefern kann. Über den Täter oder die Täterin wissen wir lediglich, dass er oder sie es am Sonntag irgendwo unterstellen konnte, ehe er oder sie es dann in der Nacht in den Grunewald gefahren und verbrannt hat. Für uns wichtig ist außerdem die Frage: Gab es einen Komplizen? Oder wie ist der Täter, die Täterin wieder nach Hause zurückgekommen? Und drittens, gibt die Verkehrsüberwachung aus der Nacht von Sonntag auf Montag was her?"

„Das mit der Verkehrsüberwachung hab ich auf den Weg gebracht", ergänzte Olaf. „Das kann allerdings dauern, weil das Material einfach elend viel ist und der Zeitraum so groß."

„Gut, das läuft also. Und jetzt zum Kern unserer Ermittlung", fuhr Judith fort. „Ich teile das mal ein in die Geschehnisse von vor fünfzehn, sechzehn Jahren und in das, was jetzt passiert ist, der Mord an Manulski. Olaf, du hast uns über die Arbeit der Kollegen von der OK informiert, die schließlich zur Festnahme und Verurteilung der Drogendealer geführt hat. Das ist erst mal der rote Faden, an den Einzelheiten arbeitest du weiter. Wir wissen, dass es einen verdeckten Ermittler gegeben hat, aber wir wissen nicht, wer das war. Das scheint mir wichtig, dass wir diese Spur verfolgen, mit dem Mann sprechen und so an bessere Infos über das Innenleben der Truppe und über Manulski kommen. Dann sollten wir herausfinden, was aus den anderen Mitgliedern der Truppe geworden ist – wo sie heute leben, was sie machen, ob einer von ihnen Grund hatte, sich an Manulski zu rächen."

Olaf nickte, während er sich Notizen machte. „An denen bin ich sowieso dran."

„Dann haben wir Manulski, der als frommer Mann aus der Haft entlassen wird. Was uns der Pfarrer erzählt hat und auch Schwester und Schwager lässt keinen Zweifel daran aufkommen. Manulski hatte ein beschauliches, zufriedenes Leben vor sich – aber das gönnt ihm sein Mörder nicht. Wir müssen herausfinden, wer alles davon wusste, wann Manulski aus der JVA kam. Das steht ja nicht in der Zeitung. Derjenige musste auch wissen, dass er an diesem Sonntag in die Kirche am Winterfeldtplatz geht, in den Gottesdienst um elf. Der Mörder muss also irgendwie nah an seinem Opfer dran gewesen sein."

„Das ist ziemlich erstaunlich", meinte Simon nachdenklich. „Den Haftentlassungstermin kannten außer Staatsanwaltschaft und JVA-Verwaltung doch sehr wahrscheinlich nur die Familienmitglieder, der Pfarrer Kapesser und der andere Pfarrer, der Manulski als Hausmeister einstellen wollte. Naja, und vielleicht sogar der eine oder andere Gerichtsreporter – für die wäre das doch auch eine fantastische Story, wie Manulski sich gewandelt hat." Er machte eine ausladende Geste mit der rechten Hand und fuhr fort: „Ich seh schon die Überschrift: Vom Saulus zum Paulus."

Judith nickte. „Da kommen schon einige zusammen, das müssen wir uns sehr genau anschauen. Aber ich fürchte, wir werden kaum alle erfassen können, die Bescheid wussten. Dazu ist das Feld zu diffus. Andererseits sind diese Informationen direkte Voraussetzungen für den Mord. Und dann: Was ist aus Manulskis Freundin geworden, dieser Jenny Sowieso?"

Olaf suchte in seinen Papieren. „Jenny Goebel. Bisher habe ich rein gar nichts über sie finden können, aber ich bin ja auch erst am Anfang. Vielleicht hat sie sich ins Ausland abgesetzt. Sie hat Manulski jedenfalls nicht in der Haft besucht und auch keinen Kontakt zu seiner Familie gesucht. Er hingegen hat diese alten Fotos aufbewahrt. Vielleicht hat er gehofft, dass sie sich wiedersehen?"

Er schaute Judith und Simon an. „Was meint ihr?"

„Danach sieht es aus", bestätigte Judith, während Simon nickte.

„Dann wäre sie allerdings keine direkte Verdächtige", meinte Olaf, „also können wir die Suche nach ihr erst mal zurückstellen, bis wir die vordringlicheren Fragen geklärt haben. Und schließlich: Er hat einen Kollegen erschossen. Es ist immerhin auch möglich, dass jemand aus dessen Umfeld seinen Tod rächen wollte, Familie, Freunde."

„Oder ein Kollege", fügte Simon hinzu. „Da müssen wir auf jeden Fall auch graben. Kanntet ihr den Mann?"

„Nein", sagte Judith.

„Ich auch nicht", sagte Olaf. „Er heißt Jan Triebel, und einer seiner Kollegen bei diesem Einsatz war jedenfalls Corrado, von ihm können wir sicher mehr erfahren."

Seit Corrado Steinitz von der im LKA 4 angesiedelten Abteilung für Organisierte Kriminalität Judiths Team im vorigen Jahr bei einem Fall unterstützt hatte, bei dem es unter anderem um Menschenhandel ging, hatten Olaf und er sich angefreundet. Corrado hatte Olaf dazu gebracht, wieder Motorrad zu fahren, und seitdem waren sie immer wieder gemeinsam auf Tour, trafen sich aber auch mal auf ein Bier.

Judith lächelte Olaf an. „Na, würdest du das vielleicht übernehmen?"

„Sehr gern", erwiderte er erfreut. „Ich wollte mich sowieso schon länger mal wieder mit Corrado treffen."

„Simon, und wir gehen der Sache mit dem verdeckten Ermittler nach. Olaf, wer war denn der Staatsanwalt, der damals damit befasst war, der müsste doch darüber Bescheid wissen."

Olaf blätterte und blätterte. „Wird Zeit, dass ich das alles in die elektronische Fallakte übertrage", murmelte er. „Dieser Papierkram ist ja ätzend." Schließlich hielt er ein Blatt hoch. „Da stehts: Das war der Doktor Roland Dalhoff."

2

Astrid stützte sich auf den hölzernen Stiel ihrer Spatengabel und sah zu ihrer Kollegin Steffi hinüber, die eben den letzten Rest aus dem kleinen Komposter auf den Hänger geworfen hatte. „Wie toll das wieder riecht! Die ganze Luft ist voller Maiglöckchen- und Mahonienduft!"

Steffi lachte. „Du schwärmst ja geradezu! War das denn so viel anders da, wo du vorher warst? Wo war das noch mal?"

„In Freiburg war ich vorher. In einem GaLa-Bau-Betrieb mit Baumschule hab ich meine Ausbildung gemacht und dann paar Jahre dort gearbeitet. Wenn ich daran denke!"

Steffi warf ihre Spatengabel auf den Hänger und schwang sich auf den Fahrersitz. „An was denn? Was meinst du?"

Astrid wartete, bis sie den Hänger in Bewegung gesetzt hatte und er sich tuckernd langsam bewegte. Mit großen Schritten ging sie hinterher.

„Da lernst du Geduld. Die kleinen Bäume wachsen so unendlich langsam, dass du dich über jedes Blatt freust, das neu rauskommt. Und wenn sie umgepflanzt werden, brauchen sie erst wieder eine Zeitlang Ruhe, ehe sie Kraft haben zum Weiterwachsen. Jeder Baum, jede Sorte hat ihr eigenes Tempo, in dem sie wachsen. Und hast du dir mal angeschaut, wie unterschiedlich ihre Rinden sind? Manche ganz glatt, andere zerklüftet, wieder andere bemoost, und nass vom Regen haben sie eine andere Farbe als wenn sie trocken sind."

Steffi hielt am nächsten Komposter an, sprang vom Sitz und fasste ihre Spatengabel. Bevor sie sie beherzt in die braune Masse aus Laub, zerfallenen Blumensträußen und Gestecken stieß, meinte sie nachdenklich: „Was dir so alles auffällt."

Astrid lachte und lud eine weitere Gabel Kompost auf den Hänger. Sie dachte daran, wie sie die ersten Jahre in ihrem Ausbildungsbetrieb fast wie eine Art Winterschlaf erlebt hatte: Es war ein kompletter Rückzug aus dem bewegten, hektischen, aufregenden Leben der Jahre davor. Sie fühlte sich frei, unbelastet von irgendwelchen Zwängen oder Verpflichtungen, sie lebte ein Leben im Einklang mit der Vegetation um sich herum, wühlte in der Erde, lernte Baumsämlinge zu unterscheiden, ihren Wasser- und Lichtbedarf und die Schädlinge kennen, die ihnen zu Leibe rückten, arbeitete körperlich hart und fiel am Ende des Tages oft in einen traumlosen Schlaf. Und dann irgendwann bekam sie Lust, Ausflüge ins Umland zu machen, fuhr mit einem geliehenen Motorrad an den Bodensee, in die Schweiz, ins Elsass – und eines Tages nach Berlin. Als die ersten Kiefernwäldchen, die sandigen Böschungen seitlich der Autobahn und die weiten Felder, auf denen Raps, Mais oder Getreide wuchs, auftauchten, machte ihr Herz einen Sprung. Die Landschaft rührte etwas in ihr an, von dem sie gar nicht wusste, dass es da war: ein Gefühl von Zugehörigkeit, vertrautes Terrain, verbunden mit ihrem Leben und ihrer Geschichte. Da war eine Sehnsucht, die nicht mehr verschwand. Obwohl sie sich wohl fühlte an dem Ort, wo sie jetzt lebte und arbeitete, setzte sich diese seltsame Sehnsucht in ihr fest und ließ sie nicht mehr los.

Seitdem war sie immer wieder ins Berliner Umland gefahren, war durch Wälder gestreift, die ganz anders rochen und viel lichter waren als die dunklen Tannenwälder im Schwarzwald oder in den Vogesen, war um einsame Seen herum gewandert und hatte im Zelt geschlafen unter einem von Mond und Sternen erhellten Himmel, wie man ihn in der Stadt gar nicht zu sehen bekam.

Seit Astrid aus Berlin weggegangen war, hatte sie in regelmäßigem Kontakt mit Heller gestanden. Dieser Kontakt war eines Tages plötzlich abgebrochen. Durch Zufall erfuhr Astrid, dass Heller bei einem Autounfall ums Leben gekommen war. Eine Unruhe breitete sich damals in ihr aus, wie sie Zugvögel spüren, ehe sie aufbrechen. Auf einmal war alles ganz selbstverständlich, so wie es eben sein sollte. Sie begann sich gezielt im Berliner Umland nach Arbeitsmöglichkeiten umzuschauen. So schnell und schmerzlos, wie sie damals aus Berlin von einem Tag auf den anderen weggegangen war, verließ sie Freiburg, als sie den neuen Job gefunden hatte, und begann im Stahnsdorfer Waldfriedhof zu arbeiten. Sie war noch keine zwei Wochen dort, als sie eines Tages unerwartet vor dem Urnengrab von Klaus Heller am Fuß einer windschiefen Kiefer stand. Das erschien ihr wie ein Wink des Schicksals, als würde ein freundliches Naturwesen ihr zu verstehen geben: Alles ist gut, hier bist du sicher, hier wird dir nichts geschehen.

3

Zäh wie Kaugummi, dachte Judith genervt beim Blick auf die Uhr, die ihr zeigte, wie quälend langsam die Zeit verging. Anders als Olaf, der am liebsten am Rechner arbeitete, sich durch sämtliche Datenbanken und Suchmaschinen klickte und sich aufgrund seiner beeindruckenden Erfolge einen legendären Ruf als Rechercheur erworben hatte, zog Judith es vor, „draußen" zu ermitteln – vor Ort, in Gesprächen mit Zeug:innen und Verdächtigen, sich ein genaues, anschauliches Bild von Menschen und ihren Umfeldern, von Wohnungen und Gegenden, von Straßenverläufen und Entfernungen zu machen. Sie brauchte es, so viele verschiedene Informationen wie möglich aufzunehmen, zu speichern und zu verarbeiten, ehe sie sinnvolle Schlüsse ziehen konnte. Simon hatte eine ähnliche Herangehensweise, und deshalb waren er und Judith meistens zusammen unterwegs, während Olaf im Büro die Stellung hielt. Aber jetzt, bei diesem komplexen Fall, bei dem die unterschiedlichsten Spuren in alle Richtungen verliefen, recherchierten und telefonierten auch Judith und Simon vom Büro aus.

Judith hatte den Staatsanwalt Doktor Dalhoff auf dem Rückweg von einer Verhandlung erreicht. Sein Angebot, auf seinem Weg vom Gericht ins Büro im LKA 1 vorbeizukommen, hatte sie freundlich abgelehnt, lieber wollte sie zu ihm in die Turmstraße nach Moabit kommen.

Kaum war Judith aufgestanden und hatte ihre Jacke gegriffen, schob Simon seinen Stuhl zurück und sprang auf. Judith schmunzelte; er hatte also genau wie sie darauf gewartet, dass es losging.

Ein heller, wenn auch nicht sonniger Tag erwartete sie. Einen Moment lang dachte Judith daran, ob sie die drei, vier Kilometer quer durch den Tiergarten nicht lieber zu Fuß gehen sollten, anstatt sich in den mittäglichen Verkehr zu stürzen. Durchatmen, unter frisch belaubten Bäumen zwischen grünen Wiesen und schwarz schimmernden Wassergräben gehen … Sie seufzte. Sie sollte möglichst bald ihren Waldspaziergang mit Sina und Rio nachholen oder mit Elli mal wieder eine Fahrradtour ins Umland machen. Als sie sich zu Simon umwandte, bemerkte sie, dass er sie beobachtet hatte, den Autoschlüssel schon in der Hand.

„Na los", sagte er und legte Judith die Hand auf die Schulter, „lass uns fahren."

„Wann warst du zuletzt so richtig entspannt im Grünen unterwegs?" fragte Judith, während sie zu Simons schwarzem Golf hinübergingen.

„Ph! Schwierige Frage, keine Ahnung. Wenn ich samstags jogge, das zählt da wohl nicht mit, oder?"

Judith lachte. „Nee, das meinte ich eher nicht."

Sie erreichten das Auto und fuhren los in Richtung Großer Stern.

„Vielleicht bin ich bald ganz woanders unterwegs", sagte Simon nach einer Weile und schluckte.

Judith sah ihn gespannt an.

„Was meinst du? Willst du auswandern?"

Simon schlug mit der linken Hand leicht aufs Lenkrad.

„Es ist echt vertrackt. Es geht hin und her, und noch ist nichts entschieden. Diese Unklarheit macht mir eigentlich am meisten zu schaffen, aber eine gute Entscheidung zu treffen, mit der wir beide, Kira und ich, leben können, ist wahnsinnig schwierig."

Judith schwieg betroffen. Seit Simon mit Kira zusammen war, die als Krankenschwester im Urban-Krankenhaus arbeitete und sich in der Flüchtlingshilfe engagierte, war er umgänglicher und aufgeschlossener geworden. Er hatte seinen anfangs fast verbissenen Ehrgeiz, mit dem er als Jüngster im Team angetreten war, und auch sein Einzelkämpfertum verloren. Dadurch hatten sich ihre kollegialen Beziehungen untereinander verbessert, Vertrauen und Zuverlässigkeit im gegenseitigen Umgang waren gewachsen. Diese positive Bilanz trat schlagartig in Judiths Bewusstsein in diesem Moment, in dem sich die Situation – so hatte sie Simons Äußerung verstanden – von einem Tag auf den anderen verändern konnte.

„Kiras Traum ist es schon lange, eine Zeitlang für Ärzte ohne Grenzen irgendwo in der Welt zu arbeiten, am liebsten in Südamerika in einem Land, in dem spanisch gesprochen wird. Und jetzt könnte sie nach Ecuador gehen. Das ist jetzt eine einmalige Chance, und die will sie natürlich nutzen, logisch. Aber was wird dann mit unserer Beziehung? Legen wir die solange auf Eis, trennen wir uns, gehe ich mit oder verzichtet sie jetzt auf die Chance und probiert es später nochmal mit einer Bewerbung oder was?“

Simon schwieg nach dieser für ihn langen Rede erschöpft. Judith lehnte sich zurück und hörte seinen Worten nach. Die Erschöpfung, die sie herausgehört hatte, war sicher den stundenlangen Diskussionen geschuldet, die Kira und er geführt hatten und noch führten.

„Bis wann müsst ihr denn eure Entscheidung getroffen haben?“ fragte Judith und sah zu Simon hinüber.

Er zog die Augenbrauen hoch und atmete laut aus. „Bis nächsten Montag.“

4

Die Zeit heilt Wunden, heißt es. Die Wunden wurden zu Narben, die weiterhin schmerzten. Er hatte die Erfahrung gemacht, dass es immer wieder Wellen von Schmerz und Trauer gab, die ihn, oft unerwartet, überrollten, über ihn hinweg brandeten und ihn mit sich rissen. Als Corrado Steinitz durch ein Gespräch zwischen zwei Kollegen, das er zufällig mithörte, von der bevorstehenden Haftentlassung Manulskis erfuhr, traf ihn die Nachricht mit Wucht. Es war wie eine Zeitreise in Siebenmeilenstiefeln; sein Bewusstsein, seine Sinneswahrnehmungen wurden auf einen Schlag zurück katapultiert in jene kalte Novembernacht vor sechzehn Jahren. Ein sternenklarer Himmel, Neumond. Unversehens hatte der Einsatz sich in eine Schlacht verwandelt. Corrado sah aus einiger Entfernung, wie Jan getroffen zu Boden sank, und rannte ungeschützt quer über die Lichtung; er sah, wie das Blut aus der Halswunde einer Fontäne gleich herausschoss, und noch ehe er Jan erreicht hatte, war die Fontäne zusammengebrochen und im Gras versickert. Als Corrado endlich bei Jan angekommen war, spürten seine suchenden Finger keinen Puls mehr.

Wie oft hatte er diese Momente, quälend lange, als wollte die Zeit einfach nicht vergehen, vor sich gesehen, in nächtlichen Albträumen oder als flashback mitten am Tag. Jans Tod zerstörte Corrados bisheriges Leben mit einem Schlag, bildete darin eine schmerzhafte Zäsur. Corrado hatte sich zurückgezogen, sich in sich selbst verkrochen wie ein Bär in den Winterschlaf, wollte nichts mehr sehen, nichts mehr spüren, einfach nur da liegen und darauf warten, dass die Zeit verging und mit ihr die Erinnerung an das, was war. Bis er bemerkte, dass er nicht auch noch die Erinnerung verlieren wollte. Allmählich lernte er, es geschehen zu lassen, dass er sich erinnerte, dass er den Schmerz aushielt, dessen Anbranden und Verebben.

Wie seine Kollegen von der OK war auch Corrado Steinitz beim Prozess gegen Manulski und seine Leute anwesend. Ein Querschläger aus Manulskis Waffe, abgeprallt von einem Baum, hatte Jan Triebels Halsschlagader zerfetzt. Manulski hatte stets beteuert, keinen gezielten Schuss auf einen Polizeibeamten abgegeben zu haben. Er war schließlich wegen Totschlags und nicht wegen Mordes verurteilt worden. Das mochte ein juristischer Unterschied sein, aber für Corrado und seine Kollegen war Manulski derjenige, der Jan getötet hatte.

Die Nachricht von Manulskis bevorstehender Haftentlassung hatte Corrado erneut mit den Szenen jener Nacht und der Verzweiflung über Jans Tod konfrontiert. Seit Jahren schon hatte er sich angewöhnt, an manchen Tagen, an denen diese Bilder nicht verblassen wollten, zu Jans Grab zu fahren. Er hatte die Erfahrung gemacht, dass er dort, im Waldfriedhof, zur Ruhe kommen und den inneren Bildern Einhalt gebieten konnte. Durch seine regelmäßigen Besuche dort hatte der Ort etwas Vertrautes, zu jeder Jahreszeit, bei jedem Wetter.

Auch heute, an diesem sonnigen Maitag, stand Corrado vor der hohen Kiefer, zu deren Füßen Jans Urne begraben war. Rechts neben dem Wäldchen erstreckte sich eine Lichtung mit einem bemoosten steinernen Brunnen, auf der Kriegstote bestattet waren. Corrado stand da in seiner schwarzen Motorradkluft, den Kopf gesenkt, die Hände in den Taschen der Lederjacke. Er war so in sich versunken, dass er den Gärtner nicht bemerkte, der keine zwei Meter von ihm entfernt auf der Lichtung seine Schubkarre abstellte. Das leichte Geräusch ließ Corrado aufschrecken. Er blickte in ein längliches Gesicht mit feinen Fältchen um Augen- und Mundwinkel. Über der hohen Stirn kräuselten sich dunkelblonde Haare, die im Nacken zu einem Pferdeschwanz zusammengebunden waren. Corrado sah sich seinerseits von einem aufmerksamen Blick aus blauen Augen umfangen. Er erinnerte sich, dass er diesen Gärtner schon ab und zu bei seinen Besuchen gesehen und auch einige Male ein paar Worte mit ihm gewechselt hatte. Er war etwas größer als Corrado und etliche Jahre jünger. Eine seiner Kolleginnen hatte ihn Jakob gerufen.

„Ein Unfall?“ fragte Jakob und nickte zu dem kleinen Grabstein hin, dessen Daten zu entnehmen war, dass Jan Triebel mit sechsunddreißig Jahren gestorben war.

Corrado hörte Mitgefühl in der Frage mitschwingen und schüttelte den Kopf. „Bei einem Einsatz erschossen“, sagte er leise. Kaum hatte er die Worte ausgesprochen, spürte er das ebenso überwältigende wie unwiderstehliche Bedürfnis, einmal alles von Anfang bis zum Ende zu erzählen.

5

Die Berliner Staatsanwaltschaft war auf mehrere Standorte verteilt und Doktor Dalhoff hatte sein Büro beim Landgericht Moabit, einem imposanten Gebäude aus dem 19. Jahrhundert. Judith und Simon durchquerten die Eingangshalle und nahmen die breite, von verschnörkeltem schmiedeeisernem Geländer gesäumte Treppe in Angriff. Während Simon, wie Judith beobachtete, die zahlreichen Treppen eher leichtfüßig bewältigte, spürte sie ihre Beine schwer werden und griff mehrmals nach dem Geländer. Es dauerte eine Weile, ehe sie in einem der langen Korridore das Büro von Doktor Dalhoff gefunden hatten. Es handelte sich um einen vielleicht zwanzig Quadratmeter großen Raum mit hoher Decke und einem schmalen Fenster, dessen Wände ringsum von Regalen mit Akten, Büchern und Papierstapeln zugestellt waren. Auf dem Schreibtisch, der quer im Raum und wie eine Barriere gegenüber der Eingangstür stand, war neben einem aufgeklappten Laptop, einem älteren Telefonapparat und zwei, drei aufgeblätterten Akten nichts weiter zu sehen.

Doktor Dalhoff, der aus dem Fenster gesehen hatte, während er mit dem Smartphone telefonierte, wandte sich um, als Judith und Simon auf seine Aufforderung hin den Raum betraten. Er nickte ihnen zu, beendete sein Telefonat und begrüßte die Ermittler:innen. Dalhoff war ein kleiner, untersetzter, etwa sechzigjähriger Mann mit einer glänzenden Glatze. Trotz seiner Gemütlichkeit ausstrahlenden Statur wirkte er lebhaft und agil, fand Judith. Er zog beidhändig zwei Stühle, die vor einer Regalwand standen, vor den Schreibtisch und lud seine Besucher:innen mit einer Geste dazu ein, Platz zu nehmen, während er selbst sich auf der anderen Seite des Schreibtisches niederließ.

„Ich fürchte, ich kann Ihnen leider nicht weiterhelfen", begann er das Gespräch. „Das hatte ich Ihnen, Frau Rabe, ja bereits bei Ihrem Anruf gesagt. Und nachdem ich mich mit der Aktenlage beschäftigt habe, hat sich das zu meinem Bedauern bestätigt."

Judith nickte und ärgerte sich über das aalglatte Manöver, mittels dessen sich der Staatsanwalt seiner Mitwirkungspflicht einfach entziehen wollte.

„Ja, das hatten Sie bereits angedeutet", sagte sie betont entspannt. „Aber oft ist es ja so, dass neben den Fakten und Ergebnissen, die in der Akte stehen, in der eigenen Erinnerung oder vielleicht den persönlichen Notizen auch Atmosphärisches oder scheinbare Nebensächlichkeiten zu finden sind, die nach so langer Zeit – wir reden hier im Fall von Manulski von sechzehn Jahren – durchaus hilfreich sein können."

Judith bemerkte, wie Simon ihr einen erstaunten Seitenblick zuwarf angesichts ihrer weichgespülten Rede.

Dalhoff schüttelte den Kopf, einen Ausdruck des Bedauerns im Gesicht, was Judith nur noch mehr aufbrachte.

„Wissen Sie, Frau … äh, Frau Rabe, die langwierigen Ermittlungen und der Einsatz damals, der zur Festnahme von Manulski und seinen Leute führte, sind mir natürlich noch in etwa in Erinnerung, aber seitdem hatte ich so viele andere Fälle, auch welche, bei denen Kollegen im Einsatz zu Tode kamen, wie damals." Der Staatsanwalt hob beide Arme und warf einen Blick zur Decke. „Man muss im eigenen Interesse auch irgendwann gerade die besonders belastenden Fälle abschließen und" – er beugte sich ein wenig vor – „auch manches vergessen. Das kennen Sie doch auch oder täusche ich mich?"

Judith schluckte und nahm innerlich Anlauf, obwohl sie die Chance, die Mauer, die der Staatsanwalt da um sich und den Fall herum baute, zu überspringen, für sehr gering erachtete.

„Uns interessiert, wer der verdeckte Ermittler war, dessen Tätigkeit schließlich zur Festnahme und zur gerichtsfesten Anklageerhebung gegen Manulski und seine Truppe geführt hat. Dazu gibt es keinerlei Informationen in der Akte, und da Sie damals der zuständige Staatsanwalt waren, liegt es nahe, bei Ihnen nachzufragen. Denn der Einsatz eines verdeckten Ermittlers wird kaum ohne Ihr Wissen und Ihre Zustimmung stattgefunden haben. Oder täusche ich mich?"

Dalhoff lehnte sich leicht in seinem Stuhl zurück, sah dann – eine offensichtliche Übersprungshandlung, wie Judith zufrieden konstatierte – zur Seite und ließ seinen Blick von oben bis unten über die Regelwand streifen.

„Natürlich", begann er, räusperte sich und fuhr fort, „natürlich wäre das der übliche Gang der Dinge gewesen, klar. Aber manchmal – warum auch immer, das kann ich in diesem Fall auch nicht mehr sagen, was der Grund war – manchmal läuft es anders. Ich war, wie Sie richtig sagen, der leitende Staatsanwalt bei den Ermittlungen und für die Anklageerhebung, aber über den Einsatz und die Person des verdeckten Ermittlers weiß ich rein gar nichts."

„Das ist ja sehr ungewöhnlich", antwortete Judith so ruhig wie möglich. „Wer kann uns denn darüber Auskunft geben? Welche andere Staatsanwältin oder welcher andere Staatsanwalt waren damit befasst und können uns bei den Ermittlungen im Mordfall Manulski unterstützen?"

Wieder hob Dalhoff beide Arme, lächelte verbindlich und schüttelte den Kopf.

„Tut mir leid, das weiß ich nicht. Das müssten Sie über das Gesamtregister vielleicht herausfinden können, das kann ein wenig dauern, aber das wäre jedenfalls der Weg."

Er erhob sich, stellte sich hinter seinen Stuhl und legte die Hände auf dessen Lehne. Damit war die Audienz beendet. Judith sah, dass die Haut über seinen Fingerknöcheln ganz weiß wurde unter dem Druck seiner Bewegung. Aha, dachte sie zufrieden, immerhin haben wir dich ein wenig nervös gemacht.

6

„Da ist doch irgendwas faul", meinte Simon nachdenklich, während sie den langen Flur Richtung Treppenhaus entlang gingen.

„Das kannst du laut sagen", erwiderte Judith. „Entweder hat der Kerl selber Dreck am Stecken oder er deckt einen Kollegen, der seinen Job nicht ordentlich gemacht hat. Als Staatsanwalt hat er doch spätestens bei der Anklageerhebung die Glaubwürdigkeit der Informationen des verdeckten Ermittlers überprüfen müssen, denn offenbar war es ohne den gar nicht möglich, die Dealer festzusetzen."

„Kann auch sein, dass er den verdeckten Ermittler schützen will – vor Racheaktionen der Truppe, die er ausspioniert hat."

„Ja, da gibt es einige Möglichkeiten", räumte Judith ein. „Aber dass der Dalhoff uns hier ausbremst, das lassen wir nicht auf sich beruhen. Lass uns mal schauen, was wir über das Gesamtregister rauskriegen können."

Eine ältere Dame, in beiden Armen Akten tragend, kam ihnen entgegen. Auf Judiths Frage nach dem Gesamtregister verwies sie die Ermittler:innen an das zentrale Sekretariat, das ein Stockwerk tiefer zu finden war.

Auch dort konnte man ihnen auf Anhieb nicht helfen. Eine junge Frau mit schulterlangem blondem Haar, das bei jeder Bewegung leicht auf und ab wippte, hörte sich ihr Anliegen an und brachte dann ein Antragsformular, das offenbar den ersten Schritt in die richtige Richtung darstellte. Judith seufzte, während sie es ausfüllte. Das sah nach einem sehr langen Weg aus.

„Wer genehmigt denn unseren Antrag?" fragte sie die junge Frau, als sie ihr den ausgefüllten Antrag zurückgab.

„Das ist der für den Fall zuständige Staatsanwalt", war die rasche Antwort.

„Sie meinen: für den Fall von vor sechzehn Jahren?" fragte Judith zurück.

„Wenn der Fall sechzehn Jahre her ist, ja, dann ist es derjenige, der damals die Ermittlungen geleitet hat."

Judith und Simon wechselten einen Blick.

„Moment", versuchte Judith es erneut. „Von diesem Staatsanwalt, Doktor Dalhoff, kommen wir gerade. Er sagt, er kann uns nicht helfen. Er hat zwar damals die Ermittlungen geleitet, hat aber, so sagt er, keine Kenntnis über den damals eingesetzten verdeckten Ermittler, aufgrund von dessen Aussage später die Verdächtigen verurteilt wurden. Er schlug vor, wir sollten über das Gesamtregister suchen, welcher Staatsanwalt dazu Informationen hat."

Die junge Frau nickte. „Ich verstehe, da geht es also im Grunde um zwei Sachverhalte – einmal die Ermittlung an sich, und zum andern um den verdeckten Ermittler, der dabei zum Einsatz kam." Sie dachte einen Augenblick nach, stützte die Ellenbogen auf dem Schreibtisch ab und legte den Kopf in die Hände. „Es tut mir leid, aber ich sehe keinen anderen Weg als diesen Antrag, den Doktor Dalhoff genehmigen muss. Das kann übrigens etwas dauern", fügte sie mit einem bedauernden Unterton hinzu.

7

„Nein, das war alles." Doktor Dalhoff stand vor dem Fenster, das Smartphone am Ohr und schaute auf die Straße hinunter, wo sich eine Blechschlange von aneinandergereihten Spielzeugautos quälend langsam bewegte.

„Ich habe keine Ahnung. Das ist bestimmt nicht sehr wahrscheinlich, dass die heute oder morgen bei dir auf der Matte stehen. Keine Sorge. Aber wenn die so weitergraben, musst du davon ausgehen, dass sie über kurz oder lang auch vor deiner Tür stehen und dich befragen wollen. Damit musst du einfach rechnen. Ich kann ihnen hier ein paar Hindernisse aufbauen, aber das ist lediglich ein Zeitgewinn. Du kannst dir jetzt schon mal Gedanken darüber machen, was du ihnen überhaupt sagen willst. Oder du besorgst dir ein Attest oder gehst in Kur oder was weiß ich, sodass du in nächster Zeit gar nicht greifbar bist. – Doch, warum nicht? – Sei doch nicht so empfindlich! – Keine Ahnung. Das kann ich jetzt nicht auch noch machen. – Auf eine Sache lege ich allerdings Wert: Von mir hast du den Termin von Manulskis Haftentlassung nicht erfahren. Ist das klar? – Und informier mich, wenn du von denen hörst. – Dir auch! Machs gut, Alter!"

8

Das war kein besonders guter Tag gewesen, fand Judith am Ende dieses Arbeitstages, an jeder Ecke wurden sie ausgebremst und trotz ermüdender Kleinarbeit blieb am Ende nichts Greifbares, was ihre Ermittlungen voranbrachte. Umso mehr freute sie sich auf das Treffen mit

Elli. Während sie noch vor dem Kleiderschrank stand und nicht wusste, ob diese Bluse oder jenes Shirt sie vorteilhafter erscheinen ließ, erfüllte die Vorfreude sie mit jenem Gefühl, das mit Schmetterlingen im Bauch passend beschrieben wird, wie sie mit einem Lächeln konstatierte.

Dann saßen sie einander endlich gegenüber an einem Tisch vor dem „April“ in der Winterfeldtstraße, aßen, tranken und redeten, während es langsam dämmerig und ein wenig kühler wurde.

Elli erzählte gerade von ihrer sehr gründlichen Vorbereitung eines Interviews und wie sie durch ihre minutiöse Recherche alles aus dem Interviewpartner, einem Kommunalpolitiker einer rechten Partei, rausholte. Sie beschrieb mit leuchtenden Augen, wie sie ihn immer wieder konfrontierte und seine Äußerungen konterte – sie ließ ihm einfach kein Schlupfloch.

„Es war wie ein Katz-und-Maus-Spiel“, stellte sie abschließend fest und schob zufrieden nach: „Und ich war die Katze.“

Judith stimmte in Ellis Lachen ein. Schon öfters hatte Judith Gelegenheit gehabt zu bemerken, wie professionell, akribisch und gewandt Elli ihre journalistischen Recherchen durchführte, dabei wahrscheinlich nicht immer in den Grenzen der Legalität. Ihre und Ellis Art zu arbeiten war sehr ähnlich, fand Judith. Sie konnten sich beide in eine Fragestellung, ein Problem richtig verbeißen und ließen nicht eher locker, bis die Frage gelöst, das Problem geklärt war. Während aber bei Judith, wie sie selbstkritisch bemerkte, in ihrer Ermittlungsarbeit immer auch ihre Intuition mitschwang – was bei Olaf und Simon öfters zu spöttischen oder mindestens ironischen Kommentaren führte –, schien ihr Elli deutlich rationaler, vielleicht sogar noch hartnäckiger, wenn sie an einer Sache dran war, die sie nach allen Regeln ihrer Recherchekunst auseinandernahm. Vielleicht war das nicht nur eine Frage des Charakters, sondern auch des Alters, überlegte Judith. War sie als junge Ermittlerin nicht auch kompromissloser und verbissener gewesen als heute?

In ihre Gedanken hinein fragte Elli nun beiläufig, während sie mit der Gabel in ihrem Salat herumstocherte: „Und was ist mit deinem Fall? Wie weit seid ihr?"

Judith nahm einen Schluck von ihrem Grauburgunder. „Elli, ich darf dir doch nichts über laufende Ermittlungen sagen. Umso weniger", fügte sie mit einem kurzen Lachen hinzu, „wo ich deine Recherchekünste kenne. Wer weiß, was du daraus machst, und dann komme ich in Teufels Küche."

Elli legte ihre Hand auf Judiths und sah ihr geradenwegs in die Augen.

„Natürlich weiß ich das. Keine Sorge! Und ich lasse dich ja auch hinter die Kulissen meiner Arbeit schauen. Ich habe einfach nur gehofft, dass du zufrieden bist mit dem Gang der Dinge und sowas sagst wie: Das und das haben wir jetzt schon. Also?"

Das innere Hin und Her entschied Judith nun beherzt dahingehend, ein paar von den eher unverfänglichen Details wenigstens anzusprechen. Von dem Verdacht, dass der damals zuständige Staatsanwalt etwas zu verbergen hatte und ihnen Steine in den Weg legte, würde sie natürlich kein Wort ausplaudern.

„Es geht ganz ganz langsam voran, also von Zufriedenheit bisher keine Spur. Darauf warte ich noch. Wir haben zwar die Halterin des Wagens befragen können, die Besitzerin der Tatwaffe sozusagen, aber sie scheidet als Täterin wohl aus, sie hat ein Alibi und kein Motiv."

Elli hob den Kopf und sah Judith mit hochgezogenen Augenbrauen an.

„Wieso das? Wieso schließt ihr sie aus? Vielleicht müsst ihr einfach tiefer bohren, um ein Motiv zu finden, Judith."

„Ja, das kann schon sein. Aber betrachte es mal von der anderen Seite: Wer nimmt das eigene Auto mit dem eigenen Kennzeichen und begeht damit einen Mord?"

„Okay." Elli lachte kurz, es hörte sich mehr wie ein Bellen an. „Das ist so saublöd, dass das niemand tun würde. Aber gerade deshalb kann es doch auch ein cleverer Schachzug sein? Und wenn sie es genau darauf abgesehen hat, dass ihr denkt, so einfach kann es nicht sein?"

Während sie Elli zuhörte, musste Judith zugeben, dass an dieser Argumentation durchaus etwas dran war. Allerdings hatte ihre Menschenkenntnis ihr bei der Vernehmung der Halterin gesagt, dass eine, die so gelassen blieb, nichts zu verbergen haben konnte.

Elli lehnte sich zurück und streckte die Beine lang unterm Tisch aus.

„Weißt du, was mich auch wundert in diesem Zusammenhang: Wenn mein Auto geklaut wird, dann zeige ich das doch bei der Polizei an. Hat sie das gemacht? Und wann? Vielleicht stimmen ihre Angaben ja gar nicht, vielleicht hatte sie einen Komplizen, dem sie ihr Auto ausgeliehen hat, um den Mord zu begehen, und deshalb hat sie keine Anzeige gestellt. Da sind doch ganz viele Möglichkeiten, die alle was für sich haben. Findest du nicht?"

Judith betrachtete Elli, die mit geröteten Wangen und angespannten Schultern ihr gegenüber saß. Sie hatte sich regelrecht in Fahrt geredet, und ihr Elan oder Eifer gefiel Judith. Es war fast so, wie wenn sie mit ihren Kollegen gemeinsam über eine Ermittlung redete, im Bewusstsein, dass sie an einem Strang zogen, dass sie Licht ins Dunkel bringen und wirklich jede Ecke ausleuchten wollten. Dieses Mitdenken war auch eine der Fähigkeiten Ellis, die Judith an ihr schätzte. Elli liebte Herausforderungen, das hatte Judith schon des Öfteren bemerkt und es hatte ihr gefallen. Ja, dachte sie, Elli hat recht. Da muss ich noch mal genauer hinschauen.

Mittwoch, 10. Mai

1

Olaf war inzwischen beim zweiten Milchkaffee angelangt, was seine abgrundtiefe Müdigkeit jedoch kaum beeindrucken konnte. Er teilte Judiths und Simons Ärger über den Staatsanwalt, der sich offenbar eher für eine Blockade ihrer Ermittlungsarbeit als für aktiven Rückenwind entschieden hatte. Aber die Spekulationen über dessen Gründe brachten sie nicht weiter, fand er.

„Wahrscheinlich klärt sich das, wenn wir weiter gekommen sind, und bis dahin lassen wir das mal auf sich beruhen", schlug er in genervtem Ton vor. „Oder sollen wir den Eisert darauf ansetzen?"

Werner Eisert war ihr Chef, zum Glück einer, der Judiths Team in Ruhe arbeiten ließ und sich nur einschaltete, wenn es ihm zu langsam ging oder er von der Politik oder der Presse oder beiden zusammen unter Druck gesetzt wurde. Dann aber konnte er richtig unangenehm werden und mit seiner ohnehin druckvollen Stimme zusätzlichen Druck aufbauen, der wenig förderlich war. Judith sah leicht besorgt zu Simon hinüber, denn sie wusste, dass allein die Erwähnung von Eiserts Namen bei ihrem Kollegen auch ohne ein Wort des Chefs die ersten Anzeichen des typischen Spannungskopfschmerzes entstehen ließ. Und gerade jetzt brauchte Simon seinen Kopf und seine Nerven für Wichtigeres.

„Nein", sagte Judith entschieden, „Eisert fragen wir erst, wenn wir mit unserem Latein am Ende sind, aber das sehe ich noch nicht. Olaf, wie sieht es denn mit den Kumpanen von Manulski aus, die mit ihm angeklagt worden sind?"

„Yilmaz ist etwa zeitgleich mit Manulski aus der Haft entlassen worden, Stokowski und Galati schon vor paar Jahren und Schuster hat sich in der JVA einen goldenen Schuss gesetzt. Über Goebel habe ich bisher nichts weiter und Ullmann lebt schon seit über zehn Jahren auf Gomera und arbeitet als Kellnerin in einem Café." Nach einem Blick auf seine Notizen fuhr Olaf fort: „Interessant ist jedenfalls, dass Manulski zu niemandem von seiner ehemaligen Truppe während der Haft Kontakt hatte, also weder Post noch Besuche. Stokowski lebt inzwischen in Lüneburg und arbeitet im Fahrradladen seines Bruders, Galati ist in Biesdorf gemeldet und Yilmaz hat als Adresse die Anschrift seiner Familie in Neukölln angegeben. Um die damaligen Stofflieferanten, die zum größten Teil auch wieder entlassen sind, kümmern sich die Kolleginnen und Kollegen von der OK und geben uns Bescheid, wenn sie auf was Interessantes stoßen."

„Das kommt mir ziemlich weit hergeholt vor, unter den früheren Kumpanen Manulskis nach seinem Mörder zu suchen", wandte Simon ein. „Die sitzen doch alle im selben Boot. Die könnten sich höchstens an dem V-Mann rächen wollen für die gescheiterten Geschäfte und die Zeit im Knast. Aber an den kommen die ja auch nicht ran."

„Ja, auf den ersten Blick sieht das weit hergeholt aus", räumte Judith ein. „Aber solange wir die nicht einzeln unter die Lupe genommen haben, wissen wir nicht wirklich, ob da nicht doch noch irgendeine offene Sache war." Sie hielt inne. „Ich hab das Opfer gesehen. Da hatte jemand eine gewaltige Wut. Das kann also keine Kleinigkeit gewesen sein, um die es da geht."

2

Sie standen vor dem Denkmal der Trümmerfrau und betrachteten die überlebensgroße, auf Ziegelsteinen sitzende Skulptur aus Muschelkalkstein. Die müde und abgearbeitet wirkende Frau mit Kopftuch und schweren Schuhen hielt einen Hammer in den Händen. Das Denkmal stand am nördlichen Eingang des Volksparks Hasenheide und war 1955 von der jungen Bildhauerin Katharina Szelinski-Singer geschaffen worden, wie die Tafel dazu erklärte – eines von mehreren Denkmälern für Berliner Trümmerfrauen. Kadir Yilmaz, der wie Manulski kurz nach Ostern aus der Haft entlassen worden war und jetzt in der Graefestraße wohnte, hatte den Ort als Treffpunkt vorgeschlagen.

„Seid ihr weiter gekommen mit eurer Entscheidung?" fragte Judith ihren Kollegen, der sehr angespannt auf sie wirkte.

Simon, die Hände in den Hosentaschen, die Schultern leicht hochgezogen, schüttelte den Kopf. „Es kommen keine neuen Argumente dazu", sagte er langsam, „wir stehen uns schon länger wie festgefahren gegenüber, ums mal in ein Bild zu fassen."

„Hört sich nach Machtkampf an", meinte Judith. „Um welchen Zeitraum geht es eigentlich für den Einsatz in Ecuador?"

Simon lehnte sich neben Judith an die Knie der Skulptur und legte den Kopf in den Nacken.

„Ein Jahr, zwei Jahre, vielleicht auch länger."

Judith nickte. „Habt ihr das Problem mal mit gemeinsamen Freunden oder Vertrauenspersonen besprochen, die nicht von vornherein parteiisch sind?"

Simon stieß ein heiseres Lachen aus. „Na, die stehen entweder auf ihrer oder auf meiner Seite oder haben eigene Interessen. Und schließlich, es ist ja unser Leben, Kira und ich müssen nachher mit der Entscheidung leben."

„Vielleicht fragt ihr mal Sina", schlug Judith in einer plötzlichen Eingebung vor, „ob sie bereit wäre, euch als professionelle Therapeutin, die euch beide gleichermaßen mit Wohlwollen betrachtet, zu unterstützen?"

Simon sah auf und lächelte. „Ja, das ist eine gute Idee. Sie könnte zwischen uns vermitteln, und sie hat ja garantiert kein eigenes Eisen im Feuer. Und wir belasten unsere Freunde nicht länger damit. Ich hab den Eindruck, dass da inzwischen auch ein Graben zwischen denen durch geht. Und egal, wie die Sache ausgeht, unsere Freunde wollen sie und ich in jedem Fall behalten."

3

Der große schlanke Mann, der in zügigem Tempo heranjoggte, stoppte vor Judith und Simon.

„Ich bin Kadir Yilmaz, hallo", sagte er mit angedeutetem Kopfnicken.

Seine kurzen Haare und sein ebenfalls kurz geschnittener Vollbart waren schwarzgrau meliert, die dunklen Augen unter buschigen Augenbrauen fixierten die Ermittlerin und den Ermittler. In seinem hageren Gesicht arbeiteten die Kiefermuskeln.

Judith stellte sich und ihren Kollegen vor.

„Wollen wir ein Stück gehen oder uns auf eine Bank setzen?" fragte sie Yilmaz.

Der setzte sich bereits in Bewegung.

„Wenn man so lange keinen Auslauf hatte wie ich, dann hat man nicht mehr so viel Lust, nur herumzusitzen", meinte er und kickte einen Stein zur Seite.

„Als Sie erfuhren, dass jemand Tadeusz Manulski totgefahren hat, was haben Sie da gedacht?"

Yilmaz ging mit leicht gesenktem Kopf zwischen ihnen, er wirkte konzentriert oder angespannt.

„Ja, Mann, das hat mich umgehauen!" platzte es aus ihm heraus. „Der war mein bester Kumpel, der war wie mein Bruder. Okay, im Knast fing der plötzlich mit Gott an, hat sich von so'nem Pfarrer bekehren lassen. Der wurde lammfromm und hat seltsames Zeug dahergeredet. Der wollte mit seinem früheren Leben und mit seinen Kumpels und mit mir nichts mehr zu tun haben." Yilmaz kickte erneut einen Stein weg. „War hart. Aber sein gutes Recht, ist ja sein Leben." Nach einer Pause, in der er heftig ausatmete, redete er weiter. „Aber eben drum hab ich überhaupt nicht verstanden, dass ihn einer gekillt hat. Warum? Wozu? Der war doch schon fast ein Heiliger. Wer macht so was?"

Er wandte das Gesicht zu Judith.

„Was ist mit euren Kollegen? Sucht ihr denn auch unter denen nach dem Mörder? Tadzio hat ja schließlich einen von euch auf dem Gewissen."

„Ja", sagte Judith ruhig, „wir suchen auch dort, wir lassen nichts und niemanden aus."

„Na, da bin ich ja mal gespannt, was dabei rauskommt."

„Hatten Sie, Stokowski und Schuster während der Haft Kontakt untereinander oder mit Manulski?" fragte Judith weiter.

Yilmaz brauchte keine Sekunde zum Überlegen. „Nee. Also soweit ich das für die andern sagen kann. Wir haben uns beim Hofgang gesehen, auch mal in der Werkstatt, aber mehr als so allgemeines Gequatsche war da nicht."

„Und jetzt? Haben Sie jetzt nach Ihrer Haftentlassung Kontakte zu den anderen, auch zu den Frauen, Galati, Goebel und Ullmann?"

Jetzt blieb Yilmaz stehen und drückte den Rücken durch, während er sich zu Judith umwandte. „Nee, hab ich nicht. Kein Bedarf. Tina, das war die Verflossene von

Tadzio, die hat ganz schön rumgezickt, als er mit der Jenny zusammenkam. Mir waren schon damals alle beide nicht geheuer mit ihrer Eifersucht und dem ganzen Gekeife. Keine Ahnung, wo die jetzt sind oder was die machen. Sandra war mit Kevin zusammen, die war eher so am Rand, hat ihn im Knast noch paar Mal besucht, bis er dann den Abflug gemacht hat. Und Adam, der ist weggezogen, hab ich gehört, aber keine Ahnung wohin."

„Und Sie, was machen Sie jetzt?"

Sie setzten sich wieder in Bewegung, Yilmaz schaute vor sich hin.

„Ich jobbe im Handyladen von meinem Bruder und helf auch mal im Supermarkt von meinem Onkel, wo halt was zu tun ist. Ganz normal halt." Er lachte. „Ich muss mich erst wieder dran gewöhnen, wies hier draußen so ist."

4

Der Bildschirmschoner zeigte ein strahlend blaues Meer, das in riesigen weißgischtigen Wellen an eine felsige Küste donnerte. Er hatte sich über den Text geschoben, an dem sie gerade arbeitete. Ellis Blick hatte sich an dem Foto festgehakt, fast meinte sie, das Getöse der Brandung zu hören, den Salzgeschmack der Luft auf den Lippen zu spüren. Sie riss sich von dem Anblick los und klickte sich wieder in ihren Text zurück.

Wurde das heute noch was? fragte sie sich seufzend. Irgendwie war sie nicht mit dem Kopf bei der Sache. Im Hintergrund hörte sie ihre Kolleg:innen telefonieren, tippen, lachen, hin- und hergehen, sich unterhalten und fühlte sich inmitten dieser unruhigen Bahnhofsatmosphäre allein auf weiter Flur. Sie strich eine Strähne ihres kinnlangen blonden Haares hinters Ohr.

Deine Mutter wäre stolz auf dich. Das hatte Bettina, die Schwester ihrer Mutter, zu ihrer Nichte gesagt. Du bist ganz schön stark, Elli, hatte sie gesagt, du hast dein Leben im Griff und bist über das Drama weggekommen. Schwer genug. Brigitta wäre so froh, wenn sie dich heute sehen könnte.

Als Elli in Jena war, hatten sie auch das Grab ihrer Mutter besucht und einen Strauß Maiglöckchen dort in die Vase gestellt. Ja, Elli war stark, sie hatte sich ein neues Leben, ohne die Mutter, aufgebaut. Sie funktionierte, sie arbeitete, sie war erfolgreich und genoss in ihrer Redaktion, unter den Kolleg:innen wie unter den Vorgesetzten, Respekt und Anerkennung, vielleicht sogar Bewunderung. Sie war nahezu perfekt, im Recherchieren und auch im Schreiben. Sie hatte die nötige Hartnäckigkeit, den Instinkt, nicht locker zu lassen, wenn sie eine Spur witterte, die vielversprechend war. Dann konnte sie alles andere ausblenden und rücksichtslos weitermachen, ohne auf irgendwelche Grenzen oder Regeln zu achten. Sonst wäre sie nicht so weit gekommen.

Aber noch immer gab es dieses Bild tief in ihr drin, das unversehens auftauchen und ihren Herzschlag zum Stolpern bringen konnte. Ihre Mutter in der Badewanne, in all dem Blut. Und noch immer gab es keinen Menschen in ihrem neuen Leben, dem sie so viel Vertrauen entgegenbrachte, dass sie von diesem Schrecken erzählen könnte. Vielleicht Judith, mit der sie gern zusammen war. Elli spürte Judiths ernsthaftes Interesse an ihr und die Offenheit, sich auf eine nähere Beziehung einzulassen. Warum war Judith ihr nicht schon viel eher begegnet? Elli geriet bei ihren gemeinsamen Unternehmungen und den Gesprächen mit Judith oft in die ambivalente Situation, sich einerseits über ihre wachsende Verbundenheit zu freuen, andererseits aber manche Fragen durch Nichtbeantworten einfach abzuwehren. Dieser Vorgang, sich immer wieder zu öffnen und zu distanzieren, entspannt und übervorsichtig zu sein, der inzwischen zu Ellis Alltag gehörte, sie aber in ihrem Verhältnis zu Judith besonders schmerzlich betraf, strengte sie ungeheuer an. Er verhinderte in gewisser Weise nicht nur, dass sie ein neues Zuhause, Freundschaften und vielleicht eine neue Liebe finden würde, sondern er behinderte auch ihren Umgang mit sich selbst. Von Zeit zu Zeit hatte sie das Empfinden, als sei sie in ein festes Korsett eingeschnürt, das ihr fast die Luft zum Atmen nahm.

Manchmal fragte sich Elli, wer oder wie sie hätte werden können, wenn das alles nicht geschehen wäre. Aber eigentlich waren solche Fragen müßig, denn sie musste ja nun für immer mit dem leben, was ihr zugestoßen war. Vielleicht sollte sie in der Nacht mal wieder tanzen gehen. Sich austoben, gewaltige Kräfte entfesseln wie die Brandung, die an die Felsen donnert und hinterher sanft am Strand zerfließt.

5

Olaf hatte gerade den Telefonhörer aufgelegt und freute sich, dass er Corrado Steinitz, den Kollegen aus der OK, der inzwischen zu einem guten Freund geworden war, morgen Abend sehen würde, als er das Klopfen an der Bürotür vernahm. Getragen vom Schwung des erfreulichen Telefonats rief er: „Herein!“

Der Mann, der das Büro nun betrat, war mittelgroß, schlank und ging ein wenig gebeugt. Sein glattrasiertes Gesicht unter der gestrickten Mütze war gebräunt und von tiefen Falten durchzogen. Mit ausgestreckter Hand kam er auf Olaf zu und stellte sich vor: „Hansjürgen Machnow.“

Olaf kam hinter seinem Schreibtisch hervor, schüttelte die dargebotene Hand und bat den Besucher an den Besprechungstisch. Machnow wollte weder Kaffee noch ein anderes Getränk, zog aber seinen Parka aus und hängte ihn sorgfältig über die Stuhllehne. Er war der inzwischen pensionierte Leiter der damaligen OK-Ermittlung, in deren Verlauf Manulski und seine Truppe festgenommen worden waren. Als Olaf ihn ausfindig gemacht und um seine Unterstützung gebeten hatte, war er kaum verwundert gewesen. Denn nachdem er von dem Mord an Manulski gelesen hatte, war ihm klar, dass über kurz oder lang die ermittelnden Kollegen auf ihn zukommen würden. Den aktuellen Fall würde man nur lösen können, wenn man die Vorgeschichte einbezog, das war ihm als erfahrenem Ermittler klar. Und darüber hinaus war es ihm gar nicht unlieb, aus seinem beschaulichen Rentnerdasein ab und zu ausbrechen zu können. Seit dem Tod seiner Frau vor sechs Jahren verbrachte er viel Zeit mit seinen vier Enkelkindern und in seinem Schrebergarten am Falkenhagener Feld. Außerdem war er ehrenamtlich tätig in der Spandauer Seniorenvertretung und als Schöffe bei Gericht. Aber nun war er gespannt zu erfahren, was das Team vom LKA 1 bereits ermittelt hatte und wobei er sie unterstützen konnte.

„In meiner Zeit bei der OK habe ich immer neben den Ermittlungsakten eine Art persönliches Notizbuch geführt", erzählte er Olaf gerade. „Da konnte ich auch mal Gedanken und Ideen, die noch nicht so ganz ausgereift waren, reinschreiben, Beobachtungen, die sich vielleicht im Laufe der Ermittlung als hilfreich erweisen könnten, und überhaupt."

Olaf nickte. Das war zwar nicht sein Stil, aber er wusste auch von anderen Kolleg:innen, dass sie solche Notizen nebenher zu ihrem persönlichen Gebrauch führten.

„Als wir damals anfingen, Manulski und seine Leute zu beobachten, war Staatsanwalt Brehm zuständig, aber als wir in die heiße Phase einstiegen, fiel der aus, wegen Krankheit oder so, und Doktor Dalhoff übernahm. Aber – und das ist eigentlich interessant – als der V-Mann eingeschleust war und die Ermittlungen entsprechend Fahrt aufnahmen, war ein anderer Staatsanwalt, Krüger, für die V-Mann-Führung zuständig. Warum das so war, kann ich nicht mehr sagen. Wir hatten den Regeln entsprechend auch keinen Kontakt mit dem verdeckten Ermittler und dessen Schutz ist bis heute intakt. So muss es ja auch sein. Ja, und seit der also nah dran war an Manulski und seinen Leuten, dauerte es etwa ein halbes Jahr, bis die Ermittlungen abgeschlossen waren und alles gerichtsfest vorlag. Damit hatten wir es also geschafft." Machnow breitete beide Arme aus. „Das ist optimal gelaufen. Ich bin heute noch stolz, dass wir diese Dealer aus dem Verkehr gezogen haben. Allerdings", fuhr er fort, „wir haben einen Kollegen verloren, Jan Triebel, einen jungen, unerschrockenen und hoch motivierten Kommissar. Das hat nicht nur die Leute in meinem Team erschüttert. Triebels Mutter, die damals wegen einer Krebserkrankung im Krankenhaus war, ist ein paar Wochen nach seinem Tod gestorben, die hatte keinen Lebenswillen mehr. Das war alles sehr hart damals."

In Machnows Schweigen hinein fragte Olaf: „Hatte Triebel Familie? Geschwister?"

Machnow schüttelte den Kopf. „Nein, Frau und Kinder hatte er jedenfalls nicht, und ob er Geschwister hat und ob sein Vater noch lebt, dazu kann ich Ihnen leider nichts sagen."

„Was wissen Sie über die verdeckte Ermittlung? Wer hat sie angeregt?"

„Na, da kommen wir direkt in die sensible Zone. Das lief alles etwas ungewöhnlich, muss ich sagen, denn wir haben natürlich bei der OK des Öfteren mit verdeckten Ermittlern gearbeitet. In diesem Fall fingen die Ungereimtheiten damit an, dass der Vorschlag nicht von uns kam und wohl auch nicht von Dalhoff. Der für die verdeckte Ermittlung zuständige Staatsanwalt Krüger informierte uns irgendwann über dieses Faktum, aber ohne nähere Informationen dazu zu liefern. Dass es aus Sicherheitsgründen die übliche Geheimhaltung gab, war weiter nicht ungewöhnlich. Aber seltsam war schon, dass wir als das ermittelnde Team so völlig außen vor blieben. Das war auch bei dem Einsatz so, der zur Verhaftung von Manulskis Leuten und ihren Lieferanten führte, und das setzte sich bei Gericht fort. Alle Informationen, die Staatsanwalt Krüger durch den verdeckten Ermittler erhalten hat, stellte er dem Gericht zur Verfügung und bürgte für die Wahrhaftigkeit der Aussagen, die ausschließlich unter vier Augen zustande gekommen sind. Ich gehe davon aus, dass der V-Mann nach Verhaftung und Urteil in den Zeugenschutz kam, denn es bestand natürlich die Gefahr, dass er Opfer einer Racheaktion würde – das musste nicht heute oder morgen passieren, sondern konnte auch noch Jahre danach geschehen, das wissen Sie ja auch."

„Verstehe", murmelte Olaf. „Sie haben vorhin erwähnt, dass die Ermittlungen in einem halben Jahr abgeschlossen waren, nachdem der V-Mann zum Einsatz gekommen ist – also das ist keine sehr lange Zeit für eine so umfangreiche und komplizierte Geschichte. Was haben Sie für eine Erklärung dafür?" Er lehnte sich zurück und betrachtete sein Gegenüber aufmerksam.

Machnow nickte. „Ja, völlig richtig." Er hob den Kopf und schaute Olaf direkt an. „Meine Vermutung damals und heute ist: Der V-Mann war einer von uns, ein Profi, einer, der an alles gedacht hat, der kaltblütig und unerschrocken genug war, dieses Spiel mitzuspielen und alles auf eine Karte zu setzen. Und – auch das wäre möglich – er hat schon eine Weile vorgearbeitet, sich einen Zugang in die Szene aufgebaut, ehe die offizielle verdeckte Ermittlung startete." Machnow nickte vor sich hin. „Das könnte die Erklärung sein sowohl für die tatsächlich erstaunlich kurze Dauer der Ermittlungen als auch für die ungewöhnlichen Zuständigkeiten."

„Leuchtet ein." Olaf stützte den linken Ellenbogen auf den Tisch und umfasste sein Kinn mit der Hand, während er mit der rechten auf seinem Block herumkritzelte. Nach einer kurzen Pause sah er Hansjürgen Machnow an und fragte: „Sie als alter Hase, wenn ich das mal so formulieren darf, Sie haben doch bestimmt eine Theorie, wer derjenige sein könnte, der damals diesen Job gemacht hat. Das wäre für uns eine wichtige Information, denn der V-Mann ist nach allem, was ich jetzt weiß, derjenige, der am allerbesten Bescheid weiß über Manulski und zur Aufklärung des Mordes am ehesten beitragen könnte."

Machnow lachte. „Ja, da haben Sie den Nagel auf den Kopf getroffen, mit beiden Vermutungen." Nach kurzem Zögern sprach er weiter. „Ehe wir mit den Ermittlungen begannen und nachdem sie eine Zeitlang erfolglos gelaufen waren, sind zwei Kollegen aus meinem Team beziehungsweise aus einem anderen OK-Team ausgeschieden. Der aus meinem Team war Frank Poschmann. Er schied offiziell aus wegen einer Erkrankung. Frank hätte ich den Job absolut zugetraut, er war ein hundertprozentiger Profi, zuverlässig, unerschrocken. Später habe ich durchaus in Erwägung gezogen, dass Krankheit, OP, Reha und das ganze Programm nur vorgeschoben waren, damit wir nicht auf komische Gedanken kamen. Sogar als ich dann ein paar Monate nach dem Prozess seine Todesanzeige las, hab ich gedacht, wer weiß, wo er jetzt wirklich ist."

„Und der andere?" fragte Olaf.

„Die andere war Diana Kühne, sie schied aus wegen einer unbezahlten Auszeit, sie wollte eine Weltreise mit dem Motorrad machen. Die Kühne war eine spezielle Mischung, impulsiv und von eiserner Disziplin zugleich. Auch von ihr habe ich nie wieder was gehört, sie kam jedenfalls auch nicht zurück zur OK. Was ja aber nichts heißen muss.“ Machnow hob die Schultern. „Jedenfalls habe ich diese beiden auf dem Schirm gehabt, aber, wie gesagt, bis heute kann ich nicht mit Gewissheit sagen, wer denn nun – Poschmann, Kühne oder jemand ganz anderes – diesen V-Mann-Job gemacht hat.“ Machnow schwieg und ließ seinen Blick durch das Büro schweifen. „Ach, aber eine Frage hätte ich noch“, setzte er dann erneut an. „Suchen Sie den verdeckten Ermittler wirklich nur, um von ihm mehr über Manulski und dessen Widersacher zu erfahren? Oder auch als Tatverdächtigen? Aber was sollte der denn für ein Motiv haben, Manulski umzubringen? Denken Sie, der hätte mit Manulski gemeinsame Sache gemacht und wollte mit dem Mord sichergehen, dass der nicht auf seinem Anteil an der Kohle besteht, wenn er aus der Haft kommt?“

6

In Judiths Kopf summte und brummte es wie in einem Bienenstock. Der Tag war anstrengend gewesen. Der Berg an Informationen, die sie auswerten mussten, wuchs und wuchs, und jede Spur, die sie verfolgten, förderte weitere Hinweise zutage, die den Berg noch höher werden ließen. Aber wie passte das alles zusammen? Judith fühlte sich wie eine, die vor einem riesigen Puzzle sitzt und keine Ahnung hat, was das fertige Bild darstellen soll.

Simon hatte sie in Schöneberg abgesetzt, denn sie wollte noch eine Recherche machen, wozu sie ihr in der Nähe ihrer Wohnung in der Vorbergstraße geparktes Auto brauchte. Jetzt war sie auf dem Hohenzollerndamm unterwegs nach Südwesten. Nach dem Gespräch mit Elli über den Fall – genau genommen hatten sie ja nur über die Halterin des Tatfahrzeugs gesprochen – hatten Ellis Fragen eine Resonanz bei Judith gefunden und ihr war klar geworden, dass da noch einiges zu überprüfen war.

Sie schätzte Ellis scharfsinnige Analysen, ihr Mitdenken und die nüchterne, insistierende Art, Gedanken so lange zu verfolgen, bis sie zu einem Ergebnis kam, das sie überzeugte. Und Elli hatte Recht gehabt, da gab es ein paar Ungereimtheiten, denen Judith auf den Grund gehen musste.

In Zehlendorf bog sie nach der S-Bahn-Unterführung rechts ab und hatte für einen flüchtigen Moment den Wunsch, sie könnte jetzt mit Sina und ihrem schwarzlockigen Wasserhund im Güterfelder Forst unterwegs sein, durchatmen, sich über das helle Grün der Birkenblätter freuen, das Rätschen eines Eichelhähers hören und zusehen, wie Rio mit weitausgreifenden Bewegungen über die Sandwege rannte, ein Bild der Lebensfreude.

Aber in Wirklichkeit beschäftigte sie sich tagein, tagaus mit Mord und Totschlag, das war ihr Beruf. Lebensfreude, dachte sie mit einem Anflug von Sarkasmus, konnte sie sich gar nicht leisten, die lenkte nur ab von dem, was sie zu tun hatte. Sie und ihre Kolleg:innen fingen mit der Arbeit immer erst an, wenn ein Mensch zu Tode gekommen war durch einen anderen Menschen. Delikte gegen die Person, wie es im Strafrecht hieß. Sie waren die, die immer zu spät kamen, und deren Aufgabe es war, Tötungsverbrechen aufzuklären und die Schuldigen hinter Gitter zu bringen. Aber dadurch war nichts ungeschehen zu machen. Die Toten blieben tot, hatten oftmals nicht einmal ein ordentliches Grab, ihr Tod riss eine schmerzliche Lücke in das Leben ihrer Angehörigen. Was konnte ihre Arbeit als Ermittelnde also anderes sein als aufzuklären, was geschehen war, und dafür zu sorgen, dass die Täter:innen nach Recht und Gesetz bestraft wurden? Und dass den Opfern und ihren Angehörigen Gerechtigkeit geschah. Dass ihr Schicksal nicht vergessen wurde. Dass ihre Würde gewahrt blieb. Wenig genug, was sie für die Toten tun konnten.

Aufzuklären, was geschehen war. Das bedeutete auch, zu verstehen oder sich jedenfalls um Verstehen zu bemühen. Das galt für alle Beteiligten gleichermaßen. Was ging in einem Mörder vor, der einen anderen so brutal über den Haufen fuhr, dass kein Knochen heil blieb? Eine enorme, zerstörerische Wut. Das war Judith als erstes durch den Kopf gegangen, als sie am Tatort war und die Leiche gesehen hatte. Der Mörder oder die Mörderin hatte die direkte Konfrontation gescheut, er wollte seinem Opfer nicht Auge in Auge gegenübertreten, er bediente sich stattdessen eines Autos. Ging es ihm also doch nicht um diesen einen Mann, sondern um ein Ventil für seine Wut? Damit sie ihn nicht selbst zerriss? Aber dass Manulski ein zufälliges, ein beliebiges Opfer gewesen war, schien Judith unwahrscheinlich. Hatte der Täter oder die Täterin in ihm immer noch den verurteilten Drogendealer gesehen, der seinerseits einige Menschen auf dem Gewissen hatte? Und nicht zuletzt: Der Mörder hatte sich gut vorbereitet, er hatte ein Auto gestohlen, er hatte ausfindig gemacht, wann und wo er Manulski treffen würde, er hatte die Öffentlichkeit und das Tageslicht nicht gescheut, er wollte womöglich ein Exempel statuieren. Judith seufzte. Ihre Gedanken führten zu keinem Ergebnis, sie fielen auseinander wie eine Handvoll Mikadostäbchen.

Inzwischen war Judith in Stahnsdorf angekommen, bog von der Potsdamer Landstraße ab in den Eichenweg, wo sie einen Parkplatz fand. Sie sah auf die Uhr: Es war kurz nach achtzehn Uhr, da waren wohl die meisten Anwohner zu Hause. Sie interessierte sich für den Teil des Eichenwegs, der zwischen Kiefern- und Kastanienweg verlief, wo Schmitt laut ihrer Aussage das Auto geparkt hatte. Hier standen, inmitten von viel Grün, Ein- oder Mehrfamilienhäuser, umgeben von größeren oder kleineren Gärten, in denen Flieder blühte, Kartoffel- und Tomatenpflanzen und anderes Gemüse wuchsen. Die

Siedlung wirkte beschaulich und ein wenig aus der Zeit gefallen, fand Judith.

Während sie von Haustür zu Haustür ging, sich kurz vorstellte und ihre Fragen vorbrachte, machte sie die Beobachtung, dass die meisten Leute hier sehr genau ihre Nachbarn, deren Autos, Familienverhältnisse und Arbeitszeiten kannten – die allgegenwärtige soziale Kontrolle als die andere Seite dieser langjährig gewachsenen Nachbarschaft. Zwei Frauen berichteten übereinstimmend, dass der weiße Caddy von Astrid Schmitt am Dienstag voriger Woche im Eichenweg geparkt war, aber schon am Mittwochmorgen nicht mehr an derselben Stelle stand. Ein Mann hatte am Donnerstagmorgen mit der Gärtnerin gesprochen, die vergeblich ihr Auto suchte. Er hatte ihr geraten, eine Anzeige wegen Diebstahl zu stellen, und wunderte sich, dass sich offenbar erst jetzt eine Polizistin für das gestohlene Auto interessierte.

Judith setzte sich in ihr Auto und dachte nach über das, was sie erfahren hatte. Ganz offensichtlich hatte die Schmitt nicht die Wahrheit gesagt. Sie hatte spätestens am Donnerstagmorgen gewusst, dass ihr Auto verschwunden war, das aber bei der Vernehmung verschwiegen. Aber warum hatte sie keine Anzeige gestellt? Und warum die Suche nach ihrem Auto am Donnerstagmorgen, in die sie offenbar auch den Nachbarn, mit dem Judith gesprochen hatte, einbezogen hatte? Wie sie auch hin und her dachte, das Verhalten der Gärtnerin ergab keinen Sinn für Judith, bestätigte aber Ellis Vermutung, dass die Frau etwas zu verbergen hatte.

7

Als Astrid aus der Dusche kam, war es kurz nach acht Uhr. Während sie ihre kurzen welligen Haare trockenrubbelte, ging sie barfuß hinaus auf den Balkon. Eigentlich war es schon zu kühl, um hier draußen zu sitzen, aber sie hatte Lust dazu, den angebrochenen Abend mit einer Flasche trockenem Spätburgunder Weißherbst ausklingen zu lassen. Sie ging ins Schlafzimmer, zog sich einen Pullover und warme Socken über und holte die Flasche aus dem Regal in der Küche. Während ihrer Zeit in Freiburg hatte sie die badischen Weinanbaugebiete kennengelernt und hatte sich wegen seines besonderen, gleichzeitig fruchtigen und herb-frischen Geschmacks zu einer Liebhaberin des Spätburgunder Weißherbst entwickelt.

Die Dämmerung hatte schon eingesetzt, Astrid hörte vereinzelt ein paar Amseln zwitschern, sah in den Häusern auf der gegenüberliegenden Straßenseite erleuchtete Fenster. Der Tag kam zur Ruhe, und Ruhe breitete sich auch in ihr aus. Sie spürte eine wohltuende Müdigkeit in allen Gliedern. Als sie den ersten Schluck Wein in den Mund nahm, ihn durch die Kehle rinnen ließ, fühlte sie sich auf beglückende Weise im Einklang mit sich und der Welt. Es gab nichts, was sie gefährden könnte oder wovor sie Angst haben müsste. Sie dachte an das Foto von damals, das sie verbrannt hatte. Jetzt gab es wirklich nichts mehr, was sie und Tadzio miteinander in Verbindung bringen könnte. Wenn sie an die Zeit damals zurückdachte, war es, als würde sie einen Film betrachten, in dem eine fremde Frau die Hauptrolle spielte.

Damals. Sie liebte ihren Beruf, liebte die Herausforderungen, das Risiko, das Unberechenbare daran. Sie war eine ausgezeichnete Pistolenschützin, ihre Hand war ruhig, ihr Auge konzentriert. Wenn sie in ihrer schwarzen Motorradkluft auf der Triumph Tiger ankam, die langen Haare unterm Helm hinter ihr herflatternd, zog sie alle Blicke auf sich.

Was sie nie mochte, waren Routineeinsätze oder Schreibtischarbeit. Nahmen die überhand, brauchte sie einen Ausgleich. Das waren dann Abenteuer anderer Art.

So kam es, ohne dass sie eine bewusste Entscheidung dafür getroffen hatte, dass sie sich auf die Geschichte mit Uli einließ. Eigentlich hatte sie es gar nicht darauf angelegt. Sie fand den deutlich älteren Mann anfangs gar nicht besonders attraktiv. Er war selbstbezogen, eitel, ehrgeizig und machtbesessen. Vielleicht war es das, was sie angezogen hatte: einen Mann, der seine Macht und seinen Status als Staatsanwalt so selbstverständlich ausspielte, wie einen verliebten Jungen um den Finger wickeln zu können. Er machte es ihr so leicht, er ließ sich täuschen und verlocken, weil er sich für unwiderstehlich hielt. Dabei war er in Wirklichkeit ein emotionaler Analphabet, dem jegliches Mitgefühl fehlte. Nicht nur mit Menschen, auch mit Tieren. Einmal waren sie in seinem BMW auf der Stadtautobahn unterwegs gewesen, nachts, es regnete. Da lief plötzlich ein Tier vor den Wagen, sie hörte ein entsetzliches Geräusch und schrie ihn an, sofort anzuhalten. Er lachte und ignorierte sie, da griff sie ins Lenkrad und brachte ihn unerbittlich dazu, rechts ranzufahren. Sie stieg aus, rannte auf dem Standstreifen zurück, bis sie an die Stelle kam, wo ein junger Wolf nahezu zerschmettert lag. Sein Brustkorb hob und senkte sich ganz leicht. Sie schaute um sich, stieg über die Leitplanke, fand einen größeren Stein, den sie gerade so hochheben konnte, ging zu dem Tier zurück und ließ den Stein aus geringer Höhe auf seinen Kopf fallen. Sie stand da und betrachtete das leblose Tier, ging in die Hocke, strich ihm langsam über das blutige Fell.

Seit dieser Nacht veränderte sich ihr Verhältnis zu Uli, ohne dass er irgendetwas zu bemerken schien. Für ihn blieb ihre geheime Affäre ein verrücktes Spiel, das seiner Eitelkeit schmeichelte. Er glaubte, alle Fäden in der Hand zu haben und war bereit, sein bisheriges Leben hinter sich zu lassen und mit seiner jungen Geliebten neu zu beginnen. Sie hingegen sah, dass ihre Affäre sich in atemberaubendem Tempo in eine Richtung entwickelte, die sie keinesfalls wollte. Ulis besitzergreifende Pläne lösten Fluchtreflexe in ihr aus. Während er rücksichtslos alle Brücken hinter sich abbrach, suchte sie fast schon verzweifelt nach einer Möglichkeit zu entkommen. Und dafür bot sich die damalige Ermittlung geradezu an. Im Alleingang entwickelte sie einen kühnen Plan.

8

Das Tuten des Telefons in seinem Ohr wurde von Mal zu Mal lauter. Er war nahe dran, den Anruf abzubrechen, als plötzlich am anderen Ende jemand den Hörer aufnahm.

„Paul Triebel, hallo?"

Im Hintergrund hörte er leise klassische Musik, Cello, Klavier.

„Hallo Paul, ich bins, Corrado." Seine Stimme hörte sich unerwartet heiser an, so als habe er sie lange nicht benutzt. Er räusperte sich, aber ehe er weitersprechen konnte, sagte sein Gesprächspartner: „Mensch, Corrado, das ist ja ewig her, dass ich von dir gehört habe. Wie gehts dir?"

Wenn ich das wüßte! dachte Corrado. Seit er im Waldfriedhof zufällig mit Jakob gesprochen hatte, hatte sich etwas in ihm verändert. Er erinnerte sich an das Märchen vom Froschkönig, an die Eisenketten, die dem getreuen Heinrich zersprengt von der Brust fielen. So war es ihm vorgekommen, dass wenigstens eine Eisenkette zerbrochen war. Aber, das wusste er, da waren noch andere, die ihn am Durchatmen hinderten.

„Schwer zu sagen", antwortete er nun mit einem kurzen Lachen. „Paul, ich ruf dich an, weil ich mich gern mal mit dir treffen würde, um über die alten Zeiten zu reden." Und es tut mir leid, fügte er in Gedanken hinzu, dass ich so lange gebraucht habe, um mich nach Jans Tod bei dir zu melden.

„Ja, lass uns das machen", sagte Paul. „Ich habe dieser Tage von dem Mord an dem Dealer gelesen – das war doch der, der Jan erschossen hat, oder?"

Corrado zögerte kurz. „Ja, das war Manulski."

„Dass der tot ist, macht Jan auch nicht wieder lebendig." Schweigen. „Aber verdammt, der hats verdient. Warum soll der sein Leben in Freiheit genießen und Jan liegt seit sechzehn Jahren unter der Erde."

Corrado hörte die Wut und den Schmerz und die Trauer in Pauls Stimme, ein Echo seiner eigenen Gefühle. „Ich weiß, was du meinst", sagte er leise.

„Bist du denn jetzt an den Ermittlungen beteiligt?" fragte Paul.

„Nein, da sind Kollegen vom LKA 1 dran, mit einem von denen treffe ich mich morgen Abend. Da werde ich sicher auch was darüber hören, wie weit sie sind."

„Dann lass uns doch am Freitagabend treffen. Fährst du noch deine alte Maschine? Hast du Lust, zu mir nach Kreuzberg zu kommen?"

Donnerstag, 11. Mai

1

Unterwegs zu ihrer Dienststelle in der Keithstraße holte Judith in der Kurfürstenstraße Olaf ein, der wie sie mit dem Rad aus Schöneberg kam und für seine Verhältnisse sehr langsam fuhr. Es war ein freundlicher Morgen, aber Olaf schien nicht in besonders guter Stimmung zu sein, antwortete nur einsilbig auf die Fragen seiner Kollegin. Während sie dann die Räder anschlossen, meinte er genervt, er wolle seinen Ärger wegen Jonas jetzt hinter sich lassen und sich lieber auf die Arbeit konzentrieren.

Judith wunderte sich, dass Simon schon im Büro war, er kam sonst meistens als letzter von ihnen dreien. Auch er sah aus, als habe er keine gute Nacht hinter sich. Das kann ja heiter werden, dachte Judith, mit zwei so knurrigen, unausgeschlafenen Kollegen. Sie steuerte auf die Kaffeemaschine zu, während sie die Jacke auszog und über ihren Stuhl warf. Olaf kippte das Fenster und wässerte die Grünlilie und den Gummibaum, nachdem er jeweils mit einem Finger die Erde in den Töpfen geprüft hatte. Simon hatte sich an den Besprechungstisch gesetzt und schaute in seine Notizen.

„Übrigens", meinte er, nachdem Olaf und Judith sich mit ihrem Milchkaffee dazu gesetzt hatten und er selbst seinen Latte macchiato vor sich stehen hatte, „wir haben uns doch gefragt, wer alles von Manulskis Haftentlassung wissen konnte – die Frage müsste eher umgekehrt lauten: Wer wusste es nicht? Wenn jemand einigermaßen clever ist, kann er ohne Probleme an diese Information herangekommen sein."

Olaf nickte. „Das habe ich schon befürchtet. Das ist nichts, womit wir den möglichen Täterkreis einengen können. Und was haben die Gespräche mit Yilmaz und Galati ergeben?"

„Zu Tina Galati fahren wir gleich", sagte Simon. „Sie hat gestern ihre Mutter zu einem Arzttermin begleitet und hatte keine Zeit. Yilmaz haben wir in der Hasenheide getroffen." Er berichtete von ihrem Eindruck von Manulskis früherem Kumpel. „Den können wir Stand heute ausschließen. Der ist damit beschäftigt, sich was Neues aufzubauen und hat kein Motiv für den Mord."

„Ich war gestern nochmal in Stahnsdorf", begann Judith. „Es hat mir keine Ruhe gelassen, irgendwie hatte ich das Gefühl, dass bei Astrid Schmitt noch mehr ist, als sie uns gesagt hat. Immerhin war es ihr Auto, mit dem der Mord begangen wurde. Und ihr Alibi ist nicht hundertprozentig." Simon setzte zu einer Entgegnung an, aber Judith schnitt ihm mit einer Handbewegung das Wort ab. „Ja, klar, ein Motiv haben wir bei ihr nicht ausmachen können. Aber wie ich jetzt aufgrund der Aussagen von Nachbarinnen und Nachbarn weiß, stand ihr Auto schon am Mittwochmorgen nicht mehr dort, wo sie es am Tag vorher abgestellt hatte. Und am Donnerstagmorgen hat sie selbst ihr Auto gesucht. Es war also klar, dass es verschwunden war, aber sie hat es nicht für nötig gefunden, eine Anzeige zu stellen, und sie hat uns über den Zeitpunkt belogen, an dem sie bemerkt hat, dass das Auto weg ist. Das alles doch merkwürdig, oder?"

„Du denkst, sie hat was zu verbergen?" fragte Olaf und nahm einen Schluck Milchkaffee.

„Das muss ja nicht zwangsläufig mit dem Mord zu tun haben", gab Simon zu bedenken.

„Kann alles möglich sein, jedenfalls sollten wir sie im Auge behalten und ihr bei Gelegenheit noch mal auf den Zahn fühlen. Und sie nicht voreilig von unsrer Liste streichen", meinte Judith. „So, aber nun weiter, was haben wir noch?"

Olaf griff nach seinen Notizen und berichtete von seinem Gespräch mit Hansjürgen Machnow, dem damals zuständigen Ermittler von der OK. Während er die wesentlichen Aussagen zusammenfasste, wurde ihm zunehmend bewusst, wie ergiebig dieses Gespräch für den Fortgang ihrer eigenen Ermittlung war. An der wachsenden Anspannung, die er in den Gesichtern und der Haltung seiner Kollegin und seines Kollegen wahrnahm, sah er, dass sie diese Einschätzung teilten. Olaf, der üblicherweise eher derjenige war, der in Datenbanken recherchierte und weniger gern Zeug:innen aufsuchte und befragte, freute sich über den Erfolg, der seinem derzeit angeschlagenen Selbstwertgefühl gut tat. Natürlich änderte das nichts daran, dass sein Verhältnis zu seinem ältesten Sohn zurzeit aus dem Ruder lief, dass er vor lauter Sorgen schlecht schlief und kaum Kraft und Nerven für Martin und Caroline, seine beiden jüngeren Kinder, hatte, geschweige denn für Sina, seine Lebensgefährtin. Aber immerhin hatte er jetzt die Ermittlung ein beträchtliches Stück nach vorne gebracht.

2

„Wer war denn dieser Otto Nagel?" Auf der Suche nach dem Haus, in dem Tina Galati mit ihrer Mutter lebte, fuhren sie schon eine Weile durch die Otto-Nagel-Straße. Rechts und links standen Einfamilienhäuser, dazwischen viel Grün, alte Bäume und Gärten.

„Das war ein Maler, der mit Käthe Kollwitz befreundet war, ich glaube, ein Kommunist", antwortete Judith langsam, während sie nach den Hausnummern schaute. „Der hat hier in Biesdorf gelebt. Ich habe vor Jahren mal eine Ausstellung von ihm mit Berliner Stadtansichten gesehen, irgendwie triste Farben, nüchtern, aber doch so, dass man gleich sah, was man vor sich hat, Straßen, Häuser, Leute und – stopp! Kannst du hier parken?“

Simon fuhr seinen Golf zügig in die Lücke zwischen einem alten blauen Lada und einem Kleinbus, der laut Aufschrift einem Installateurbetrieb gehörte. Sie stiegen aus und gingen ein paar Meter zurück, bis sie das Haus erreicht hatten, in dem Galati wohnte. Das Gartentor ließ sich ohne Weiteres öffnen, sie durchquerten einen Vorgarten, dessen eine Seite sauber in Blumenbeete geteilt war, während auf der anderen inmitten eines gepflegten Rasens ein Sauerkirsch- und ein Apfelbaum standen.

Noch bevor Judith klingeln oder klopfen konnte, öffnete sich die Tür und sie sah sich einer etwa einssechzig großen, zierlichen Frau von Mitte vierzig gegenüber, deren lange dunkle Haare ein schmales Gesicht umrahmten, das wegen seiner Ebenmäßigkeit schön gewesen wäre, wenn es nicht diesen verhärmten, fast verbitterten Ausdruck gehabt hätte. Tina Galati trug ein schmales schwarzen Hemdblusenkleid mit einem roten Ledergürtel und rote Ballerinas. Judith fiel ihre sehr aufrechte Haltung auf.

Galati bat die Ermittlerin und den Ermittler herein und führte sie in ein mit dunklen Holzmöbeln, die nach Erbstücken aussahen, ausgestattetes Wohnzimmer: ein hoher Schrank mit Glastüren, hinter denen Geschirr und Gläser schimmerten, ein runder Tisch, dessen dicke Platte auf einem üppig geschwungenen Gestell lag, das in drei Standbeine auslief, und vier schwere gepolsterte Stühle. Auf der bestickten Tischdecke stand ein Kaffeeservice mit Blumenmuster.

Judith und Simon wechselten einen Blick, während sie sich setzten und ihre Stühle näher an den Tisch heranschoben. Tina Galati schenkte Kaffee ein, rückte die Etagere mit Keksen und Petit Fours näher heran und warf dann einen erwartungsvollen Blick über den Rand ihrer Kaffeetasse, aus der sie gerade einen Schluck nahm.

Nach ein paar einleitenden Sätzen Judiths ergriff die dunkelhaarige Frau das Wort. Ihre Stimme war anfangs sehr leise, sodass Simon, der sich Notizen machte, unwillkürlich noch näher rückte.

„Es war ein Schock für mich, als ich in der Zeitung davon las, was mit Tadeusz passiert war", sagte Galati mit gesenktem Blick. „Seit dem Prozess habe ich ihn nicht mehr gesehen. Auf meine Briefe hat er nie geantwortet und wollte mich später, nach meiner Haftentlassung, auch nicht sehen. Ich habe zehn Jahre lang Zeit gehabt, mir zu überlegen, wie mein Leben weitergehen soll. Seit ich draußen bin, kümmere ich mich um meine kranke Mutter und versorge Haus und Garten. Ich habe hier im Haus ein kleines Atelier und arbeite als Schneiderin", sie wies mit dem Kopf über ihre rechte Schulter.

„Sie wollen natürlich wissen, was damals war." Mit einer Hand strich sie ihre Haare hinters Ohr. „Was in den Akten steht, wissen Sie ja. Ich hatte damals meine Rolle bei den Drogengeschäften wie die anderen auch und Tadeusz konnte sich auf uns alle verlassen. Seit mehr als fünf Jahren waren wir zusammen, als er in der Kneipe, in der wir regelmäßig verkehrten, Jenny kennenlernte, die neue Kellnerin dort. Von da an änderte sich alles. Er hatte nur noch Augen für diese … Person, er war wie verhext, sie konnte ihn um den Finger wickeln. Sie war ein rücksichtsloses Biest, auf ihren eigenen Vorteil bedacht, nahm sich, was sie wollte. Dass Tadeusz und ich damals schon so lange zusammen waren, das hat sie nicht interessiert. Sie wurde ziemlich schnell seine rechte Hand und hatte dieselbe kaltblütige Art, die Geschäfte abzuwickeln wie er. Es gab immer mal wieder böses Blut zwischen ihr und mir. Ich habe trotz allem weitergemacht, weil ich ja, wie die andern auch, eine feste Rolle in den Abläufen hatte, das wissen Sie ja. Bis wir aufgeflogen sind." Galati schüttelte sacht den Kopf, ihre Haare fielen ihr vors Gesicht und sie strich sie erneut hinter die Ohren.

Judith nutzte die Pause, um eine Frage zu stellen. „Es gab damals einen verdeckten Ermittler, der nahezu alle relevanten Informationen über den Drogenhandel der Gruppe besaß. Aufgrund seiner Arbeit gelang schließlich die Festnahme, bei der es ja zwei Tote gab, und dieser V-Mann hatte alles geliefert, um die Anklage gerichtsfest zu machen. Können Sie sich vorstellen, wer dieser verdeckte Ermittler war?"

Tina Galati sah Judith aufmerksam an. „Das hat sich wohl jeder von uns nach dem Prozess gefragt, aber wir konnten ja nicht miteinander darüber reden. Letztlich war es natürlich auch egal, wer uns das eingebrockt hat, denn es war ja nichts mehr zu ändern. Ich weiß, das hört sich jetzt nach einer billigen Retourkutsche an, aber wenn ich das jemandem zutraue aus unserer Gruppe, dann Jenny. Die anderen waren alle schon einige Jahre dabei, wir waren eine eingeschworene Gemeinschaft, Tadeusz war der Chef, er war gerecht und fair, jeder hatte seine Aufgabe, jeder bekam seinen Anteil. Da hatte keiner einen Anlass, ihn hinzuhängen und alle auffliegen zu lassen, jeder von uns war ja Teil des Ganzen. Aber Jenny, die gehörte zwar irgendwie dazu, aber nur wegen Tadeusz, weil sie seine Freundin war, zu den anderen hatte sie kein besonderes Verhältnis. Und nach dem Prozess verschwand sie. Soweit ich weiß, hat sie sich danach nie wieder bei Tadeusz blicken lassen. Kann sein, dass sie sich schleunigst abgesetzt hat, nachdem sie ohne Haftstrafe davongekommen ist. Kann aber auch sein, dass sie der Spitzel war, der uns alle hat auffliegen lassen."

3

Da musste schon einiges passieren, bis er sich am Ende seines Lateins wähnte. Er hatte keine auch nur entfernt aussichtsreiche Rechercheoption ausgelassen, von den üblichen Wegen mal ganz abgesehen, aber stets und zuverlässig löste sich alles in Wohlgefallen auf, es blieb kein greifbares Ergebnis. Olaf fuhr sich mit beiden Händen durchs Gesicht, als wolle er mit der Müdigkeit auch die Frustration, die ihn zunehmend erfüllte, wegwischen. Er hatte, sorgfältig und findig wie immer, Informationen zu Frank Poschmann und zu Diana Kühne recherchiert, den beiden Kolleg:innen, die nach Einschätzung des früheren OK-Ermittlers Machnow möglicherweise als verdeckter Ermittler im Einsatz gewesen waren gegen den Drogenhandelsring Manulskis.

Poschmann war Polizeihauptkommissar, erfahren im Bereich der Verfolgung von Drogenkriminalität, und hatte in seiner Akte hervorragende Beurteilungen. Er hatte einige Einsätze gegen Dealer erfolgreich zum Abschluss gebracht und galt als unbestechlich. Allerdings war er natürlich in der Szene bekannt. Es hätte also eines gewissen Aufwands bedurft, ihn als verdeckten Ermittler aufzubauen und einzuschleusen. Poschmann war geschieden und kinderlos, er wohnte damals am Maybachufer in der Nähe der Kottbusser Brücke. Nach einer Reihe von Krankschreibungen schied er aus dem Polizeidienst aus, er starb laut Totenschein an Darmkrebs im Klinikum Benjamin Franklin in Steglitz, sein Urnengrab befand sich auf dem Friedhof Buschkrugallee. Olaf fand alles so, wie Machnow berichtet hatte – jedes ermittelbare Detail stimmte überein, aber was sagte das über das große Ganze? Er hätte der V-Mann sein und jetzt irgendwo ein gutes Leben führen können, aber er hätte auch wahr und wahrhaftig an seiner Krebserkrankung sterben können, noch nicht mal fünfzig Jahre alt.

Auch bei Diana Kühne kam Olaf zu keinen wirklich hilfreichen Erkenntnissen. Sie war jünger als Poschmann, Polizeioberkommissarin, hatte keine so guten Beurteilungen, sondern galt offenbar, wie zwischen den Zeilen zu lesen war, als schwierig – was von „sie hat ihren eigenen Kopf" bis zu „sie hält sich nicht an die Regeln" alles Mögliche heißen konnte. Sie verfolgte wohl einen eher unorthodoxen, unkonventionellen Ermittlungsstil, war aber durchaus erfolgreich damit. Kühne lebte allein in einer Hinterhauswohnung in der Reichenberger Straße in Kreuzberg und beantragte eine Auszeit, um sich mit ihrem Motorrad auf große Fahrt zu begeben. Es gab keinerlei Hinweise, dass sie nach Deutschland zurückgekehrt und unter ihrem Namen irgendwo gemeldet war, keine Daten zu Renten- und Krankenversicherung, keine Steuer-ID-Nummer, kein Fahrzeug war auf ihren Namen gemeldet.

Einfach nichts. Dass sie geheiratet haben und unter einem anderen Namen gemeldet sein könnte, konnte Olaf nahezu ausschließen, nachdem er mit ihrem Vornamen, Geburtsdatum und -ort bereits einen entsprechenden Suchlauf gestartet hatte. Sie wäre nicht die erste, die irgendwo auf der Welt hängenblieb, wo es ihr gefiel, und ein neues Leben begann weitab von dort, wo sie aufgebrochen war. Also dasselbe wie bei Poschmann. Kühne könnte heute irgendwo unter Palmen an irgendeinem blauen Meer sitzen oder sie könnte damals als verdeckte Ermittlerin den Löwenanteil dazu geleistet haben, dass Manulski und seine Truppe aufflogen und hinter Gitter wanderten. Und in diesem Falle, davon war auszugehen, lebte sie im Zeugenschutz und war erst recht nicht auffindbar – das war ja der Sinn des Ganzen.

Olaf schwirrte der Kopf. Er brauchte dringend eine Pause. Während er an der Kaffeemaschine auf seinen

Milchkaffee wartete, beschäftigte ihn weiter die Frage der überprüfbaren Identität, der er während der Recherche nachgegangen war, in ihren fast schon philosophischen Dimensionen. Er erinnerte sich vage an den Satz von Brecht aus den „Flüchtlingsgesprächen", dass der Pass der edelste Teil eines Menschen sei. Das war neulich in einer Hausarbeit von Jonas vorgekommen. Demnach „existierte" ein Mensch also nur, wenn er Papiere vorweisen kann, die belegen, dass er der ist, auf dessen Namen die Papiere lauten. Für Flüchtlinge, damals in der Nazi-Zeit und auch heute noch, hing alles davon ab, ob sie an der Grenze die richtigen Papiere vorzeigen konnten – wer sie wirklich waren, darauf kam es in dieser Welt der Visa und Transits nicht an.

Das Ziel seiner Recherche war ja auch nicht zu erfahren, wer eine oder einer wirklich war, was sie oder ihn als Menschen ausmachte, sondern es ging stets und immer um überprüfbare Dokumente, Daten, Fakten. Und gerade die waren leicht zu fälschen. Poschmann, dessen Totenschein er gelesen hatte, könnte sich heute vergnügt seines Leben freuen, und Kühne, die auf dem Motorrad um die Welt reisen wollte, könnte an irgendeiner felsigen Küste abgestürzt und zu Tode gekommen sein. Meine Güte, durchfuhr es Olaf, während er seine Tasse vorsichtig zum Schreibtisch trug und sich setzte, ich bin so frustriert, dass ich schon völlig wegdrifte. Es könnte dies oder jenes oder von allem das Gegenteil möglich sein. Er beschloss, die Frage nach der Identität des verdeckten Ermittlers zurückzustellen, schließlich gab es noch genug anderes zu tun. Kaum hatte er einen ersten belebenden Schluck getrunken, stellte sich eine weitere Frage ein: Was braucht es – außer einer konkreten Bedrohung für Leib und Leben –, um alles hinter sich zu lassen, was bis dato das eigene Leben ausmacht, und irgendwo anders ganz neu anzufangen? Für sich selbst war ihm eine solche Entscheidung völlig undenkbar. Er würde sich garantiert niemals in eine Situation bringen, in der eben das notwendig wäre. Außerdem hatte er ja im Laufe seines Lebens ein paar Mal neu angefangen, zuletzt nach der Scheidung, und das war anstrengend und verlustreich genug gewesen. Nein – zuletzt voriges Jahr, als Jonas zu ihm und Sina in die Winterfeldtstraße gezogen war. Alles hinter sich lassen – das war doch ohnehin gar nicht möglich. Man nahm doch seine Erinnerungen mit, seine Vorlieben und Abneigungen, seine Eigenschaften, Verhaltensweisen und Träume. Ein neuer Name, ein neuer Beruf, ein neuer Wohnort, das war doch nichts, was einen Menschen von Grund auf veränderte. Er dachte an Poschmann und Kühne. Wenn er oder sie heute, fünfzehn Jahre nach dem Prozess, irgendwo ganz anders leben, warum sollten sie den Mann, den sie damals hinter Gitter gebracht hatten, töten? Der einzige Grund dafür, der Olaf einfiel, war: um Manulski zuvorzukommen. Wenn der eine Ahnung hatte, wer ihn damals ausspioniert hatte, dann hätte er auf Rache aus sein können. Und das wäre durchaus ein Motiv für den Mord.

4

Astrid war heute mit dem dunkelgrünen Pickup, einem Ford Ranger, aus dem Fuhrpark des Waldfriedhofs unterwegs, um einige Gerätschaften von einem Betrieb in Treptow abzuholen. Fahrten durch die Stadt nervten sie grundsätzlich, weil Baustellen, Umleitungen und einfach viel zu viele Autos, in denen oft nur eine einzige Person saß, das Vorwärtskommen aller behinderten. Zum Glück hatte sie keinen Zeitdruck, weil ihre Chefin, die jeden Morgen von Britz nach Stahnsdorf fuhr und abends wieder retour, die Verkehrsverhältnisse nur zu gut kannte. Astrid hörte mit einem Ohr die Verkehrsnachrichten auf Inforadio und ergriff die Chance, mit einem kleinen Umweg durch ein paar Seitenstraßen der Fahrbahnverengung auf der Karl-Marx-Straße zu entkommen. Sie bog rechts ab und konzentrierte sich auf die engen, zugeparkten Straßen, die sie im Zickzack durchfuhr. Auf einmal blieb ihr Blick an einer Hausecke hängen, sie bog erneut ab, orientierte sich, fuhr ein Stück geradeaus, um dann wieder auf die Karl-Marx-Straße einzubiegen. Geschafft!

Während sie wieder entspannter weiterfuhr, arbeitete es in ihrem Kopf, bis ihr schließlich aufging, was ihre Aufmerksamkeit auf sich gezogen hatte. Damals war in genau diesem Eckhaus das „Flammende Käthchen" gewesen, wo sie nach ausführlichen Recherchen als Kellnerin angeheuert hatte und wo sie Tadeusz Manulski begegnet war. Wie seltsam, dachte Astrid, dass meine Erinnerung so präzise arbeitet, dass sie hinter der Fassade eines aufwendig sanierten Hauses in einer kleinen Neuköllner Straße jene heruntergekommene Kneipe mit den durchgesessenen alten Samtsofas, den schweren Holztischen und den verschiedenartigen Stühlen, dem breiten Spiegel hinter dem Tresen, der von Bassgewummer dröhnenden Lautsprecher und der wilden Mischung von Gästen, die in vielerlei Sprachen redeten – dass sie das alles erkannte, obwohl überhaupt nichts davon mehr zu sehen war. Astrid spürte fast so etwas wie einen leichten Stich in der Magengrube, dass in ihrer Erinnerung unerwartet und ungewollt wie ein Film auf einer Kinoleinwand jene laute, lebendige und lang vergangene Zeit wieder auftauchte. Damals, das erinnerte sie plötzlich genau so deutlich wie sie es seinerzeit gespürt hatte, war sie in einem Zustand hellwacher, fast gieriger Aufmerksamkeit, sie verfolgte ihren Plan und fühlte sich stark. In der Kneipe hatte sie Tadeusz zum ersten Mal gesehen und fand ihn gleich anziehend, einen schlanken Mann mit einem auffallend aufrechten Gang und mit dunklen lockigen Haaren, die in deutlichem Kontrast zu den blaugrauen Augen standen. Sie bemerkte, dass die meisten Gäste ihn mit Respekt behandelten. Es ging eine Energie von ihm aus, für die sie empfänglich war – es war wie eine Resonanz auf ihr eigenes Potenzial. Das schien auch er zu spüren, denn es dauerte nicht lange, bis sie Tadzio für sich gewinnen konnte und Tina, seine damalige Freundin, von ihrem Platz verdrängt hatte. Zwischen ihr und Tadzio entwickelte sich in kurzer Zeit eine tiefe Verbundenheit, die auf übereinstimmenden Charakterzügen, Talenten und Zielen beruhte. Beide hatten sie Lust auf Abenteuer und Freude am Risiko. Sie mochte seine Gelassenheit und Großzügigkeit, sogar die Art, wie er seine Leute zusammenhielt und für sich arbeiten ließ. Schon bald teilten sie alles miteinander, Tadzio vertraute ihr in allem und jedem und bezog sie wie selbstverständlich in seine Geschäfte ein. Das war der Moment, in dem sie wusste: jetzt!

Ihr Plan entwickelte sich genau so, wie sie ihn erdacht hatte, einschließlich des Deals mit dem Staatsanwalt, der die Chancen ihrer Vorarbeit erkannte und ihr ermöglichte, ihre Arbeit fortzusetzen. Sie erhielt eine komplette Legende und – das war ihre wichtigste Bedingung gewesen – die Zusage, bei erfolgreichem Abschluss der Ermittlungen ins Zeugenschutzprogramm aufgenommen zu werden und weit weg von Berlin ein neues Leben beginnen zu können. Weit weg von Uli und weit weg von Tadzio. Ganz allein für sich.

5

Zum Glück war die Vorsorgeuntersuchung gut gelaufen, nun konnte er wieder eine Zeitlang unbesorgt leben, was dieses Thema betraf. Beschwingt ging er zu Fuß nach Hause, um von dort aus mit dem Motorrad zum Tempelhofer Damm zur Dienststelle zu fahren. Während er durch die Wolfshagener Straße ging Richtung Sommerbad, kam er an der Kavalierstraße vorbei, die zum Pankower Schlosspark führte, und schaute die Straße hinunter. Wenn er, wie sonst fast immer, auf dem Motorrad hier vorbeikam, mied er diese Blickrichtung. Aber jetzt, erleichtert nach dem Arzttermin, zu Fuß unterwegs bei frühlingshaften Temperaturen, wagte er es. Sein Blick fiel gleich auf das dritte Haus auf der linken Seite. Dort, in der zweiten Etage, war Jans Wohnung gewesen, die mit dem kleinen Balkon. Corrado blieb stehen und ließ sich überwältigen von den Erinnerungen, die mit Macht auf ihn einströmten, ohne ihn, wie er das früher oft erlebt hatte, in den Abgrund von Trauer zurückzuwerfen.

Zweiundzwanzig Jahre war es her, dass er und Jan sich als junge Polizisten kennengelernt hatten. Ihm war der schlanke, kurzhaarige und etwas wortkarge Kollege gleich aufgefallen. Dessen graue Augen, das lernte Corrado dann mit den Jahren wie ein neues Alphabet, konnten ihren Ausdruck sehr schnell verändern und verrieten seine Stimmungen. Sie konnten hell aufleuchten, die stumpfe Farbe von Gestein annehmen, einem Gewitterhimmel ähneln oder glitzern wie Eiskristalle. Sie waren beide gute Sportler und trainierten gemeinsam Triathlon. Anfangs waren sie umeinander herumgeschlichen, hier mal ein Blick, da mal eine scheinbar zufällige Berührung, eher Wortwechsel als Gespräche. Die beständige Vorsicht und Selbstkontrolle strengte Corrado an, er wollte einerseits seine Gefühle und Wünsche nicht unverstellt zeigen, um sich zu schützen, aber er würde andererseits nie erfahren, ob Jans Gefühle und Wünsche den seinen glichen. In diesem ambivalenten Dazwischen zu kommunizieren, war noch nie seine Sache. Aber die Notwendigkeit dazu – denn es war für ihn völlig inakzeptabel, sich als schwuler Polizist zu outen – hatten seine Intuition und seine Antennen für kleine versteckte Botschaften gut entwickelt.

In gewisser Weise kam dies sogar seinen Ermittlungsfähigkeiten zugute. An einem Abend nach dem Training, als es wie aus Kübeln schüttete, bot Jan an, Corrado in seinem alten Renault nach Hause zu fahren, und der nahm das Angebot gerne an, obwohl es ihm sehr schwer fiel, seine Maschine über Nacht an der Sporthalle stehen zu lassen. Dann kam Jan noch mit hoch in Corrados Wohnung in der Wolfshagener Straße, und kaum war die Tür hinter ihnen ins Schloss gefallen, umarmten und küssten sie sich und wollten einander gar nicht mehr loslassen.

Es war natürlich klar, dass sie ihre Beziehung geheim hielten, vor allem vor den Kollegen, aber auch vor ihren Familien. Das änderte sich erst im Lauf der Jahre, jedenfalls was Jans Eltern und Geschwister betraf. Corrado war fast abergläubisch darauf bedacht, ihre Verbindung geheim zu halten aus Angst, ein allzu unbeschwerter Umgang könnte sie gefährden. Ihm war der Schutz seiner privaten Sphäre wichtig. Deshalb konnte er sich auch bei aller Liebe nicht dazu durchringen, eine gemeinsame Wohnung zu beziehen. Sie fanden aber, unterstützt durch eine glückliche Fügung, einen guten Kompromiss. Als Corrado zufällig von der freiwerdenden Wohnung in der Kavalierstraße erfuhr, zog Jan aus Kreuzberg nach Pankow, und so wohnten sie nur wenige Häuser voneinander entfernt. Mit den Jahren hatte es sich ergeben, dass sie mal in der einen, mal in der anderen Wohnung zusammen lebten. Sie achteten aber stets darauf, jeweils getrennt bei der Dienststelle anzukommen.

Corrado zog seinen Blick von den Fenstern und dem Balkon von Jans früherer Wohnung langsam weg. Es war ein Blick in die Vergangenheit gewesen – wie es einmal war und wie es nie wieder sein würde. Er spürte erneut dieses Anbranden und Abebben seines Verlustschmerzes, das er nur zu gut kante, aber er fühlte auch, dass ihm nicht mehr diese zerstörerische Gewalt innewohnte.

Etwas hatte sich verändert, seit er am Dienstag im Waldfriedhof Jakob alles erzählt hatte. Das alles in Worte zu fassen, was zuvor als Gefühl, als Bild, als Erinnerung oder als Albtraum existiert hatte, und dabei jene Resonanz zu erfahren, die ihn spüren ließ, dass er nicht allein war – das hatte diese Veränderung bewirkt.

Corrado ging langsam weiter. Jakob und er hatten sich eine ganze Weile unterhalten. Der Gärtner hatte ihm von seiner früheren Begeisterung für das Buch „Gödel, Escher, Bach" erzählt, von dem Corrado noch nie gehört hatte. In dem Buch gingen mathematische Formeln, künstlerische Illustrationen und die Musik von Bach eine Beziehung ein miteinander und mit der Molekularbiologie – etwas ganz und gar Verrücktes, wie Corrado fand. Jakob zeigte ihm auf dem Smartphone ein paar der Bilder aus dem Buch, sie erinnerten Corrado an die leuchtend farbigen, geometrischen Konfigurationen, die er als Kind in seinem Kaleidoskop gezaubert hatte, und sie gefielen ihm. Jakob hatte jedenfalls, wie er erzählte, aus dieser Begeisterung heraus begonnen, Informatik zu studieren, um bald zu bemerken, dass das nichts für ihn war – viel zu abstrakt, zu wenig fassbar. Ihm wurde klar, dass er viel lieber mit seinen Händen arbeiten wollte. Er sattelte um, machte eine Ausbildung im Garten- und Landschaftsbau und fühlte sich endlich am richtigen Platz. Manchmal, meinte er gelassen, führen gerade die Umwege dorthin, wo man eigentlich hinwill. Das konnte Corrado bestätigen.

6

Judith und Simon saßen auf der Bank vor dem Eisladen in der Elßholzstraße und waren jeweils mit ihrem Eis beschäftigt. Simon hatte von den drei Kugeln in seinem Becher bereits die erste genüsslich verzehrt, während Judith immer noch an ihrer Kugel Zitroneneis im Hörnchen leckte. Sie kannte das schon von Kindheit an, dass sie beim Eisessen immer viel langsamer war als ihre Freundinnen und irgendwann tropfte das Eis dann auf ihre Finger und ihr T-Shirt und machte alles klebrig.

Es war ziemlich kompliziert gewesen, Staatsanwalt Krüger überhaupt zu erreichen. Als Judith das gelungen war, bestand die nächste Hürde darin, einen Gesprächstermin zu finden. Schließlich hatten sie sich darauf geeinigt, dass die Ermittler:innen vor dem Kammergericht am Kleistpark, dem Oberlandesgericht des Landes Berlin, auf Krüger warteten. Er wollte sie in einer Verhandlungspause am Ausgang treffen.

Sie drehten eine Runde durch den Kleistpark, der vor zweihundert Jahren das königliche Herbarium und dessen Kustos der Naturforscher und Dichter Adelbert von Chamisso gewesen war, und gingen dann hinüber zum Eisladen.

„Ich hab Kira den Vorschlag von dir unterbreitet, dass wir Sina Engels sozusagen als unparteiische Vermittlerin in unsere Diskussion einbeziehen", sagte Simon gerade. Sina, die Lebensgefährtin ihres Kollegen Olaf, war eine erfahrene Psychotherapeutin.

„Oh, gut! Und – ist Kira einverstanden?"

Simon nickte und nahm die letzte Kugel in Angriff. „Ja, zum Glück. Ich hätte sonst nicht gewusst, wie wir da weiter kommen. Und Sina habe ich auch schon gefragt, sie hat am Wochenende Zeit für uns." Judith hörte die Erleichterung in seiner Stimme. „Weißt du, das Problem ist, dass unsere Lebensvorstellungen im Moment nicht wirklich synchron sind", fuhr Simon fort. „Kira hat, schon als sie noch in der Ausbildung war, diesen Traum gehabt, eines Tages für Ärzte ohne Grenzen zu arbeiten. Sie will diesen Auslandseinsatz unbedingt machen, bevor sich ihr Leben in ruhigere Bahnen bewegt, also dass wir zusammenziehen und Kinder kriegen und so. Und ich möchte schon länger, dass wir genau damit endlich anfangen."

„Und du würdest dann zum Beispiel deine Arbeitszeit reduzieren, Elternzeit nehmen und all das, damit Kira ihren Job weitermachen kann wie bisher?" fragte Judith und schaute ihren Kollegen grinsend an.

Simon warf mit Schwung seinen leeren Becher in den Papierkorb neben der Bank.

„Das haben wir doch bei Olaf schon erlebt, als Kommissar auf Teilzeit zu gehen ist ein frommer Wunsch", wandte Simon brummig ein.

„Für eine Krankenschwester mit den zahlreichen Zusatzqualifikationen von Kira ist das auch nicht einfach", konterte Judith. „Und, Simon: Wir sind die, die immer erst mit der Arbeit anfangen, wenn einer mausetot ist. Während Kira zu denen gehört, die alles daran setzen, dass die Verletzten und die Kranken wieder gesund werden."

Simon lachte. „Hör mal, machst du mit mir schon mal eine kleine Trainingseinheit für den Termin mit Sina? Ich hoffe mal, dass Sina wirklich unparteiisch ist. Du scheinst das nicht zu sein, liebe Kollegin."

Judith lachte mit. „Kann sein. Aber Sina wird die Gerechtigkeit selbst sein. Es ist für sie auch leichter, weil sie weder mit dir noch mit Kira befreundet ist. Und sie betrachtet euch beide gleichermaßen mit Wohlwollen, da bin ich sicher."

„Dein Wort in Gottes Ohr."

7

Nach dem Mittagessen hatte er sich hingelegt, weil er unendlich müde und erschöpft war. Er lag auf dem Sofa im Wohnzimmer und war immer wieder eingeschlummert, ohne richtig zu schlafen. Vor den großen, tiefen Fenstern zum Garten sah er das Licht dieses Maitages sich verändern, sah die Schatten wandern, ein Eichhörnchen an der Kiefer hochklettern, unterbrochen von Pausen, in denen es aufmerksam seine Umgebung beobachtete. Der Blick des Mannes fiel auf das halbrunde Beet, das an die Terrasse anschloss, in dem Pfingstrosen weiß, violett und rosa blühten. Er sah die schwarzweißbraungemusterte Nachbarskatze den Garten mit steil aufgerichtetem Schweif durchqueren, als wäre das ihr Revier. Er lag da, sah den Nachmittag in die Dämmerung übergehen, und bald würde es Nacht werden. Die Zeit verging. Es gelang ihm nicht, sie mit Leben zu füllen. Und das war schon sehr lange so.

Bilder eines Traums zogen wie Schleier durch sein Bewusstsein, undeutlich, verhüllt, und doch wusste er, was sie erzählten. Jener Sommertag auf dem Tempelhofer Feld nahm vor seinen Augen Kontur an. Er war bei einer sich endlos hinziehenden Besprechung im LKA 4 wegen einer Ermittlung zu einem Fall von Rauschgifthandel. Eine kurze Unterbrechung nutzte er, um hinüber in den Park zu gehen und sich einen Platz in der Sonne zu suchen für eine kleine Auszeit. In seinem Kopf arbeitete es weiter. Da fiel sein Blick auf eine dunkelhaarige Joggerin, das lange Haar mit einem Gummi im Nacken zusammengefasst, schlank und durchtrainiert in einem orange und violett gemusterten Trägerhemd und schwarzen Shorts. Völlig in ihr Tun versunken rannte sie vorbei. Er war wie gebannt. Er sah nicht nur eine sehr attraktive junge Frau, was alleine schon ausgereicht hätte, seine Aufmerksamkeit auf sie zu ziehen. Er fühlte sich förmlich überwältigt von ihrer Ausstrahlung – Kraft, Energie, Lebensfreude, Bewegung, Kampfgeist, Selbstbewusstsein. Um sie besser sehen zu können, stand er auf. Sie wich den Entgegenkommenden leichtfüßig aus, schien ganz in ihrem gleichmäßig schnellen Lauf aufzugehen, als hätte sie

Kraft ohne Ende zum Weiterlaufen. Als er wenig später wieder zu seiner Besprechung zurückkehrte, versuchte er die Faszination durch die Ausstrahlung der jungen Frau zu begreifen, die ihn irgendwie überwältigt hatte, gepaart mit einer Irritation, die er nicht einordnen konnte. Und dann: Drei Stunden später, als er das LKA-Gebäude verließ, sah er sie wieder. Sie ging direkt vor ihm aus der Tür, er erkannte sie an ihrem federnden Gang, die dunklen Haare fielen jetzt offen über ihre Schultern, statt des Joggingdresses trug sie eine dunkelblaue Jeans und eine weiße Bluse. Er hielt sie an der Schulter fest und sprach sie an. In seinem Griff lag etwas Gieriges. Er spürte das unabweisliche Bedürfnis, der überströmenden Kraft und Lebendigkeit teilhaftig zu werden, die diese junge Frau wie selbstverständlich ausstrahlte.

Von diesem Moment an, als er Diana kennenlernte, beschleunigte und intensivierte sich sein eigenes Leben auf eine ihm bis dahin nicht vorstellbare Art und Weise. Er nahm alles leichter, seinen Beruf, seine familiären Verpflichtungen, seinen Alltag, er wurde zunehmend gleichgültiger gegenüber allem, was sich jenseits seiner geheimen Affäre mit Diana abspielte. Das Versteckspiel erhöhte den Reiz dieses Abenteuers, machte es kostbar und steigerte zugleich seine Angst vor dem Verlust. Der kam schneller, als er es sich hatte vorstellen können, und er kam aus heiterem Himmel. Hatte er Diana so wenig gekannt? War es ihm immer nur um sich selbst gegangen, darum, sich noch einmal jung und an einem Anfang stehend zu erleben? Schließlich konnte er nicht mehr verdrängen, dass sie nur mit ihm gespielt hatte wie die Katze mit der Maus. Sie stürzte sich als Gangsterbraut ins nächste Abenteuer.

Er erinnerte sich noch heute an das Gefühl, das ihn mit Wucht überkam, als er vollends realisierte, dass er sie verloren hatte. Er war, als stünde er mitten in einem Haus, das gesprengt wird – herabfallende Steinbrocken, Geröll, am Schluss noch Staub und Asche, das Dröhnen hatte er heute noch in den Ohren, so viele Jahre danach.

Müde setzte er sich auf und fuhr sich mit beiden Händen übers Gesicht, als könne er wegwischen, was ihn schier erdrückte. Die Dämmerung hatte bereits eingesetzt. Es wurde Zeit, dass er zu Abend aß und seine Tabletten nahm, damit er schlafen konnte.

8

Corrado lachte. „Du willst doch nicht im Ernst behaupten, dass du in Jonas‘ Alter jeden Abend pünktlich um zehn zuhause warst? Warum bist du so misstrauisch oder anders herum, warum vertraust du Jonas so wenig? Gibt es denn einen konkreten Anlass dafür?“

„Nein“, sagte Olaf, „das nicht. Aber ich mach mir einfach Sorgen.“

Sie saßen im Hof des „Mirabelle“, einem Lokal in der Nähe des Bürgerparks in Pankow. Irgendwann hatten sie beschlossen, sich abwechselnd in Pankow und in Schöneberg zu treffen, sodass nur einer von ihnen eine längere Anfahrt hatte. Olaf war mit dem Rad gekommen und würde für die Rückfahrt die S-Bahn nehmen.

„Bevor Jonas zu dir und Sina gezogen ist, habt ihr doch regelmäßig ein gemeinsames Wochenende verbracht. Warum habt ihr damit denn aufgehört?“ wollte Corrado wissen.

Damit traf er einen wunden Punkt bei Olaf. Seit der Trennung von seiner früheren Frau hatte Olaf abwechselnd jeweils ein Wochenende mit einem seiner drei Kinder verbracht, sie waren zelten, wandern, Kanu fahren oder fuhren zu einem Musikfestival. Seit Jonas nun bei Olaf wohnte, sahen sie sich fast seltener als vorher. Jonas stand in der Schule unter Stress wegen der demnächst anstehenden Abiturprüfungen, dafür hatte Olaf Verständnis, aber er vermisste den regelmäßigen Austausch mit seinem ältesten Sohn, er wusste bei Licht besehen gar nicht mehr, was in Jonas wirklich vorging.

„Gute Frage. Jonas hat keine Zeit mehr, sagt er. Er muss für die Prüfungen lernen, und das geht am besten mit seinen Kumpels." Olaf nahm einen langen Schluck von seinem Schwarzbier. „Ich mach ihm einfach mal wieder einen Vorschlag, es muss ja nicht gleich ein Wochenende sein, aber vielleicht fahren wir dann mal einen halben Tag raus oder unternehmen mal einen Abend was zusammen."

„Frag ihn, was er gern mit dir zusammen machen würde", schlug Corrado vor. „Oder lass dir mal erklären, was er grade lernt. Und lass die Leine mal ein wenig lockerer, Olaf. Das tut dir auch gut."

Davon war Olaf überhaupt nicht überzeugt, aber das könnte sich ja vielleicht noch entwickeln. Immerhin spürte er, dass seine innere Anspannung nachgelassen hatte, wenn er an Jonas dachte. Ihr Verhältnis war in einer Veränderung begriffen, das musste er akzeptieren lernen und versuchen, diese Veränderung mitzugestalten. Das sagte ihm Sina schon seit Wochen und Monaten. Aber etwas zu begreifen war noch lange nicht dasselbe, wie das Verstandene in Handeln umzusetzen, dachte Olaf seufzend.

„Und, wie läufts mit euren Ermittlungen in Sachen Manulski?" fragte Corrado.

„Wir haben bisher nichts Konkretes, obwohl wir schon sehr viel zusammengetragen haben an Recherchen und Befragungen. Du weißt ja, wie das ist: Du siehst vor lauter Bäumen den Wald nicht mehr."

„Oder umgekehrt", meinte Corrado, „vor lauter Wald nicht mehr den einzelnen Baum, das kann genauso fatal sein."

Olaf gab Corrado, den er als Freund und Kollegen für absolut zuverlässig hielt, eine Zusammenfassung dessen, was sie bisher ermittelt hatten. Corrado hörte zu, stellte mal eine Frage, nickte oder wiegte zweifelnd den Kopf. Als Olaf ihn fragte, ob er Jan Triebels Familie kenne, hob Corrado abwehrend beide Hände.

„Du glaubst doch nicht, dass jemand aus seiner Familie etwas mit dem Mord zu tun hat?" fragte er erschrocken. Olaf wunderte sich über die unerwartet heftige Reaktion Corrados.

„Nein, nein", beschwichtigte er, „ich frage das nur der Vollständigkeit halber und vertraue komplett auf deine Einschätzung, im Übrigen auch, was Triebels direkte Kollegen betrifft."

Corrado ließ sich zurückfallen gegen die Stuhllehne. Olaf betrachtete ihn leicht irritiert. Was war los mit Corrado? Was brachte ihn so aus der Fassung? Oder hatte er sich das nur eingebildet? Corrado beugte sich nach vorne, legte die Unterarme auf den Tisch und begann einen Bierdeckel auseinanderzupflücken.

„Zu Jans Familie kann ich dir folgendes sagen: Er hat eine Schwester, Lea, die ist Ornithologin und zurzeit für einige Monate in Neuseeland zu Forschungsarbeiten. Sein Bruder Paul ist Kunsterzieher an der Gemeinschaftsschule Walter Gropius in Neukölln, spielt seit Jahren in einem Kammermusikquartett Cello. Die Eltern leben nicht mehr, die Mutter ist kurz nach Jans Tod gestorben, der Vater zwei, drei Jahre später." Er hielt inne, es sah so aus, als wollte er weitersprechen. Dann lehnte er sich wieder zurück und fuhr fort: „Machnow hat dir ja schon gesagt, dass Jans Tod uns alle erschüttert hat. Genau so war es. Da wird ein Kollege, mit dem du jahrelang zusammenarbeitest, vor deinen Augen erschossen. Das musst du erst mal verarbeiten. Aber wir sind Polizisten und keine Guerilleros. Klar hatte der eine oder andere genug Wut im Bauch, um Manulski in die Hölle zu schicken. Aber das wüsste ich, wenn einer von uns da die Hände im Spiel gehabt hätte. Okay?"

Olaf nickte. Er hatte nichts anderes erwartet. Überprüfen konnte er nichts von dem, was Corrado ihm gesagt hatte. Die Grundlage seiner Überzeugung war das Vertrauen, das er in Corrado setzte – der würde ihn niemals wissentlich belügen. Aber dennoch wurde Olaf den Eindruck nicht los, dass Corrado ihm etwas verschwiegen hatte.

Freitag, 12. Mai

1

Ihre Blicke hatten sich ineinander verhakt. Während Judith langsam immer näher kam, sah sie, dass Elli Schritt für Schritt nach hinten zurückwich. Die Spannung, die über der Szenerie lag, fühlte Judith im ganzen Körper. Noch ein Schritt – und Elli stürzte nach hinten. Judith rannte an die Stelle, wo Elli eben noch gestanden hatte, und starrte in den Abgrund. Sie sah Elli mit ausgebreiteten Armen und Beinen fallen und fallen wie einen steinernen Vogel, und Judiths Schrei war so durchdringend, dass sie davon erwachte.

Das war morgens um fünf gewesen, und weil sie nicht wieder einschlafen konnte, hatte sie beschlossen, aufzustehen und den Tag zu beginnen. Als sie auf den Balkon trat, hörte sie in der morgendlichen Stille Vogelgezwitscher. Sie sah zu Ellis Wohnung hinüber, dort waren die Fenster alle noch dunkel. Der Traum war ihr so in die Glieder gefahren, dass die Beunruhigung, die er ausgelöst hatte, auch nicht wich, obwohl sie längst wach war.

Judith trank die erste Tasse Kaffee auf dem Balkon, an die Brüstung gelehnt, und ließ ihren Blick über den Hof schweifen, die Platanen und Ahornbäume, die benachbarten Häuser, die Vorbergstraße. Es war, als wollte sie sich vergewissern, dass ihre vertraute Umgebung Bestand hatte, dass dieser Tag ein Tag wie jeder andere werden würde, gewöhnlich, alltäglich, normal. Was hatte diesen Traum ausgelöst? Wie sollte sie den verstehen? Aus Gesprächen mit Sina wusste Judith, dass das Unbewusste oftmals aus einzelnen Bestandteilen des Erlebens eines Tages eine scheinbar kohärente, tatsächlich jedoch sinnfreie Szenenfolge zusammenfügte, die keinerlei Bedeutung hatte. Zufällige Konfigurationen, wie von einem Rechner erstellt. Sie wünschte, sie könnte das Traumbild verscheuchen wie ein lästiges Insekt.

Judith registrierte, wie es allmählich heller wurde und das erste Auto durch die Vorbergstraße zockelte. Wenn sie selbst ihre und Ellis Beziehung auf den Punkt bringen sollte, würde sie sagen: Wir stecken fest. Es bewegt sich nichts, es geht nicht voran. Wir richten uns im Status quo ein. Und was wäre der Status quo? Fest stand, sie waren gerne zusammen. Das glaubte sie auch für Elli sagen zu können. In den ersten Wochen ihrer Bekanntschaft im vorigen Sommer hatte Judith eine Anziehung gespürt, die der Anfang einer Liebesgeschichte hätte werden können. Es war eine gänzlich andere Anziehung gewesen als damals mit Hanna, dachte Judith. Elli und sie waren einander viel ähnlicher, schwer zu beschreiben, und diese Ähnlichkeit machte das Zusammensein mit Elli für Judith oft so einfach und unkompliziert. Es schien keinen doppelten Boden zu geben, keine Gefahr von Missverständnissen, keine gegenseitigen Nervereien. Manchmal hatte Judith sich gewünscht, dass Elli mehr von sich erzählte, über wichtige Erfahrungen in ihrem Leben, über frühere Beziehungen. Auf Judiths entsprechende Fragen hatte Elli entweder ausweichend geantwortet oder nur mit einem kurzen Satz, der mehr offen gelassen hatte, als er anschaulich werden ließ. Allerdings, das musste Judith gerechterweise zugeben, fiel es ihr selbst auch nicht gerade leicht, in aller Ausführlichkeit aus ihrem eigenen Leben zu erzählen. Ihre Gedanken kehrten zu dem Traum zurück, ein Bild ohne Ton. Sie verstand nicht, was es ihr sagen wollte. Mit dem heller werdenden Morgen schien es zu verblassen, und das war ihr recht. Schließlich gab es genug zu tun.

2

Astrid radelte wie jeden Morgen zum Waldfriedhof. Es würde ein freundlicher Tag werden, der Himmel war blau, einige Schleierwolken zogen mit dem Wind. Sie hatte Lust darauf, den Tag anzugehen, und war mehr denn je davon überzeugt, dass sie im richtigen Leben war. Sie wünschte sich kein anderes, und das war ein Grund, froh und dankbar zu sein. Umso mehr, als sie noch genau wusste, wie getrieben und unruhig sie sich früher oft gefühlt hatte. Aber diese Zeiten waren lange vorbei, das war in einem anderen Leben. Wie viele Leben konnte man ausprobieren, bis man das richtige fand? Sie hatte zum Glück eine Wahl gehabt, sie hatte jede Menge Irrwege, Sackgassen und Umwege kennengelernt, ehe sie schließlich als Gärtnerin im Stahnsdorfer Waldfriedhof angekommen war.

Unversehens stieg die Erinnerung an einen Abend im Spätsommer in ihr auf. Tadzio und sie saßen am Kanal, tranken Rotwein und er weihte sie in seinen Plan ein. Der war so einfach wie bestechend: noch ein paar Drogendeals durchziehen und dann mit dem Geld verschwinden, irgendwohin, wo sie beide neu anfangen würden. In dieser Nacht lag sie neben dem schlafenden Tadzio, hellwach und mit laut pochendem Herzen, und war hin und her gerissen von der Verlockung durch diese neue Perspektive und dem Festhalten an ihrem eigenen Plan. Ihr war klar, dass es genau jetzt darauf ankam, wie sie sich entschied. Es war die Probe darauf, wer sie war und wer sie sein wollte. Es schreckte sie keineswegs ab, alle Zelte hinter sich abzubrechen. Das schien ihr leicht. Sie fand Gefallen an der Vorstellung, frei von Verpflichtungen ein sorgenfreies Leben führen zu können – aber ihr war auch klar, dass sie immer und überall auf der Hut vor der Polizei sein müssten, mit Verhaftung und Verurteilung zu rechnen hätten. Das wäre immer nur eine Freiheit auf Abruf. Und immer öfter nagten Zweifel an ihr, ob sie ihr weiteres Leben mit Tadzio teilen wollte. Die Abenteurerin in ihr hatte sich von ihm mitreißen lassen. Sie hatte schnell begriffen, dass die Drogengeschäfte für ihn ein Unternehmen waren wie jedes andere, er war ein rational denkender Unternehmer, der möglichst schnell viel Kohle machen wollte. Seine Gleichgültigkeit ließ sie manches Mal vor innerer Kälte erschauern, denn er kalkulierte mitleidlos Krankheit und Tod der oft jungen Süchtigen ein, die seinen schon gestreckten und gepanschten Stoff kauften. Ihr Mitgefühl hingegen war mindestens so ausgeprägt wie ihr Sinn für Gerechtigkeit.

Sie traf ihre Entscheidung und bezahlte den Preis dafür. Im Grunde war es ein Deal wie der Deal mit den Drogen. Sie machte ihren Job, sie lieferte Tadzio und seine Leute aus und bekam dafür ein neues Leben. Und dieses neue Leben würde sie mit Zähnen und Klauen verteidigen, wenn es darauf ankäme.

3

„Kommen Sie, setzen wir uns." Staatsanwalt Steffen Krüger wies auf eine der Bänke, die um die von mächtigen alten Bäumen bewachsene Wiese im Zentrum des Kleistparks standen, und sah sie auffordernd an. Er war kaum größer als Judith, trug einen klassischen dunkelgrauen Dreireiher mit weißem Hemd und einer feingestreiften Fliege, seine schwarze Ledertasche glänzte wie frisch poliert. Sein volles, ehemals dunkles Haar war fast ganz grau. Der Termin am Vortag war nicht zustande gekommen, weil Krügers Anwesenheit bei Gericht länger als erwartet gefordert war, daher hatte er vorgeschlagen, sich heute vor der Verhandlung zu treffen, und Judith hatte entschieden, dass es reichte, wenn sie allein mit Krüger sprach.

Sie berichtete ihm so knapp wie möglich vom aktuellen Sachstand und dass sie mehr wissen müssten über die damalige Einsatzsituation für den verdeckten Ermittler. Krüger machte sie erneut darauf aufmerksam, dass er keine Klarnamen nennen könne, aber er wolle die aktuellen Ermittlungen natürlich bestmöglich unterstützen.

Judith spürte ihre Anspannung in allen Muskeln. Sie war ganz konzentriert darauf, die richtigen Fragen zu stellen und notfalls auch den Zwischentönen in Krügers Antworten nachzugehen.

„Das war ja damals eine ungewöhnliche Situation", begann sie, „dass drei Staatsanwälte in die Ermittlungen involviert waren. Wie kam es dazu?"

Krüger nickte. „Das war wirklich sehr ungewöhnlich, da haben Sie recht, Frau Rabe. Um Ihre Frage zu beantworten, muss ich ein wenig improvisieren. Ich habe, als Sie mich dieser Tage anriefen, mir meine eigenen Aufzeichnungen noch einmal angeschaut. Denen konnte ich entnehmen, dass der Kollege Brehm von Beginn der Ermittlungen gegen Tadeusz Manulski und seine Leute wegen Rauschgifthandels zuständig war. Dann geriet er in persönliche Schwierigkeiten – welcher Art, das weiß ich nicht. Es müssen aber heftige Turbulenzen gewesen sein, um es mal so zu sagen. Ich kannte ihn nicht näher und wusste nichts über seine privaten Lebensumstände. Offenbar hatte er einen Zusammenbruch. Und ein Staatsanwalt, der psychisch oder physisch nicht stabil ist, kann eine Ermittlung, noch dazu eine so gewichtige, nicht begleiten. Brehm fiel also aus, und da er und Dalhoff befreundet waren, lag es nahe, dass Dalhoff die Ermittlungen als Staatsanwalt weiter begleitete. Vielleicht gab es auch schon vorher eine Zusammenarbeit zwischen ihm und Brehm in dieser Angelegenheit, darüber weiß ich nichts. Jedenfalls übernahm also Dalhoff."

Gut, das war eine plausible Erklärung, dachte Judith. „Soweit klar, Herr Krüger", fragte sie weiter, „aber wieso, wenn Dalhoff nun leitender Staatsanwalt in dieser Ermittlung war, gab es dann die Notwendigkeit, dass Sie als dritter Staatsanwalt die verdeckte Ermittlung begleitet haben?"

Krüger ließ ein kurzes Lachen hören und hob die Schultern. „Damals war ich noch nicht lange bei der Staatsanwaltschaft und habe mich, um es mal so zu sagen, ein wenig vorgedrängelt." Er wandte sein Gesicht Judith zu. „Ich war ein junger, ehrgeiziger Staatsanwalt. Ich wollte unbedingt die berufliche Erfahrung einer solchen verdeckten Ermittlung machen, so was Spezielles und Prestigeträchtiges bekommt man ja nicht alle Tage auf den Tisch. Also habe ich die Gunst der Stunde genutzt, es musste ja schnell entschieden werden. Brehm war außer Gefecht, Dalhoff musste sich zügig einarbeiten und hatte genug zu tun, also besprach ich das Nötige mit ihm und mit meinem Vorgesetzten. Ich bin heute noch davon überzeugt, dass das für alle Beteiligten eine gute Lösung war." Er hob beide Arme leicht an. „Das wurde mein erster Einsatz als Staatsanwalt bei einer verdeckten Ermittlung, und es wurde ein sehr erfolgreicher Einsatz. Jedenfalls was die Verfolgung der Rauschgiftdelikte betraf. Denn wie Sie wissen, kam ja bei der Schießerei im Zuge der Verhaftung auch ein Polizist ums Leben."

Krügers Selbstbewusstsein tat es offenbar keinen Abbruch, seinen Ehrgeiz als Motiv für die Übernahme der Begleitung des verdeckten Ermittlers einzuräumen. Und der Erfolg – immerhin relativierte er diese Einschätzung angesichts des erschossenen Kollegen – hatte ihm recht gegeben. Nach den Erfahrungen mit Dalhoff, der angesichts ihrer Fragen einfach nur gemauert hatte, beschloss

Judith, Krügers Bereitwilligkeit, Auskunft zu geben, noch weiter zu strapazieren.

„Wie kam es denn, dass nach relativ kurzer Zeit – nach einem halben Jahr, wenn ich es recht erinnere – schon der Zugriff erfolgen konnte? Das ist doch eine enorm kurze Zeitspanne, oder?"

„Völlig richtig", bestätigte der Staatsanwalt. „Ich sage es mal so: Der verdeckte Ermittler hat sich bereits vor der offiziellen Installation und Genehmigung der verdeckten Ermittlung – ich könnte auch sagen: auf eigene Initiative – an Manulski herangemacht. Als er mir dann darlegte, dass aufgrund seiner Vorarbeit beste Voraussetzungen für das verdeckte Ermitteln gegeben waren, habe ich natürlich nachträglich seine Legende legitimiert und so den Einsatz nachträglich abgesichert. Die Situation war einmalig günstig, das war sogar mir klar. Eine sichere Legende brauchte der Mann, und damals ging ich ja davon aus, dass er sie für einen längeren Zeitraum brauchen würde. Dass es dann nur noch etwa ein halbes Jahr dauerte bis zum Zugriff, konnte ja niemand wissen." Krüger hielt inne und ließ den Blick über das Grün schweifen. „Inzwischen habe ich mehr Erfahrung mit verdeckten Ermittlungen und weiß, wie die üblicherweise ablaufen. Obwohl" – er korrigierte sich – „eigentlich gibt es da kein Schema, sondern nur Varianten." Nach einer kurzen Pause fuhr er fort: „Damals gab es übrigens noch eine weitere Sache, die ungewöhnlich war. Nicht nur kam also die Person, die als verdeckter Ermittler zum Einsatz kommen wollte, von sich aus auf mich zu, nachdem sie im Grunde bereits mit ihrem Job begonnen hatte. Sondern sie stellte auch die Bedingung, dass sie nach dem Prozess gegen Manulski und seine Leute mit einer neuen Identität in den Zeugenschutz käme."

„Verstehe", sagte Judith, die den Ausführungen Krügers mit wachsender Aufmerksamkeit folgte. „Sie ging ja ein hohes Risiko ein, denn sie muss sehr nah an Manulski drangewesen sein – und folglich musste sie Angst um ihr Leben haben."

„Genau so hat sie argumentiert, und das ist folgerichtig. Auch aus der Haft heraus sind schon Morde in Auftrag gegeben worden. Und Verrat ist ja bekanntlich ein erstklassiges Motiv."

Judith lächelte vor sich hin. Sie hatte das untrügliche Gefühl, dass Krüger ihr mit dem sprachlichen Wechsel vom „verdeckten Ermittler" zu „der Person" einen Hinweis geben wollte, den sie ernst nehmen sollte. Wenn Manulski nicht schwul war, wofür nichts sprach, dann war es sehr wahrscheinlich, dass Jenny Goebel, seine Freundin, die verdeckte Ermittlerin war. Dafür sprach nicht nur deren Nähe zu Manulski, sondern auch, dass sie noch immer keine weiteren Informationen über sie hatten recherchieren können – und das, obwohl Olaf ein hervorragender Rechercheur war. Und noch etwas schien Judith aus den Äußerungen des Staatsanwalts hervorzugehen: Sehr wahrscheinlich war die Frau, die unter dem Namen Jenny Goebel Manulski in den Knast brachte, eine Polizistin, ein Profi im Ermitteln – denn sie hatte es geschafft, in einer enorm kurzen Zeit die Ermittlungen zu dem Punkt zu bringen, an dem der Zugriff erfolgen konnte.

Judith wandte sich zu Krüger um und wagte einen Vorstoß. „Wir reden hier von Jenny Goebel, oder?"

Über Krügers Gesicht huschte ein Lächeln, das gleich wieder verschwand. „Dazu darf und kann ich Ihnen natürlich nichts sagen, Frau Rabe, aber ich kann nachvollziehen, wie Sie zu dieser Vermutung kommen."

4

Als Judith im Büro ankam, spürte sie unmittelbar die gedrückte Stimmung, die wie eine graue Wolke über allem schwebte. Olaf saß in Gedanken versunken vor seinem Rechner und Simon telefonierte, während er nebenbei auf einem Blatt herumkritzelte. Judith stellte ihre Tasche ab, zog die Jacke aus und ging zum Fenster. Das freundliche Mai-Wetter, sonnig, aber noch nicht zu warm, hatte sie seit dem frühen Beginn dieses Tages begleitet. Sie bemerkte, wie gern sie weiter draußen geblieben wäre, anstatt nun im Büro zu sein. Sie schob die Grünlilie zur Seite und öffnete einen Fensterflügel.

Simon beendete sein Telefonat und kam heran. „Na, Sehnsucht nach Auslauf?" fragte er mit Blick nach draußen, wo allerdings außer grauen Mauern jenseits der Straße, geparkten Autos und ein paar mickrigen Straßenbäumen nichts Verlockendes zu sehen war.

„Ja, irgendwie schon", gab Judith mit einem kleinen Lächeln zu. „Aber ich fürchte, das wird nichts, wir haben ja noch reichlich zu tun. Lasst uns mal zusammentragen, was es Neues gibt. Olaf, kommst du?"

Olaf griff wortlos seine Kaffeetasse und kam zum Besprechungstisch, wo Simon und Judith sich gerade niederließen.

„Mir kommt es gerade so vor, als sei jeder Weg eine Sackgasse", murmelte er verdrossen.

„Hattest du nicht gestern einen netten Abend mit Corrado?" fragte Judith, um ihn aufzumuntern.

„Ja, wenigstens das! Aber was unsere Ermittlungen betrifft ..." Er ließ den Satz unvollständig in der Luft hängen, als fehlte es ihm an Energie, ihn zu Ende zu bringen.

„Mensch Olaf! Irgendwas wird doch bei rumgekommen sein", versuchte Judith ihn zu einer Äußerung zu motivieren.

„Nichts, was uns weiterhilft", sagte Olaf und schob die Tasse zwischen seinen Händen hin und her. „Unter Corrados Kollegen gibt es nach seiner Einschätzung keinen, der für eine Racheaktion an Manulski infrage käme. Gleiches gilt für die Familie des getöteten Kollegen. Dessen Eltern leben nicht mehr, die Schwester ist im Ausland und der Bruder ist ein Kunstlehrer und Musiker und kann Corrado zufolge als Rächer seines Bruders ausgeschlossen werden. Also in etwa das, was wir ohnehin schon erwartet haben, und wirklich überprüfen lässt sich das natürlich nicht. Bleibt also das Vertrauen in Corrados Kenntnis der Beteiligten."

„Fürs erste reicht uns das doch", sagte Judith. „Es gibt ja derzeit nichts Belastendes, das in diese Richtung weist."

„Ich habe mit Stokowski telefoniert, der wie Galati schon vor fünf Jahren aus der Haft entlassen wurde", begann Simon. „Er wusste angeblich nichts von dem Mord an Manulski und wirkte ziemlich erschrocken. Wie die anderen hatte auch er keinen Kontakt mehr zu Manulski und scheint mit seiner Vergangenheit abgeschlossen zu haben. Und am siebten Mai, als der Mord geschah, war er bei der Hochzeit seiner Schwester, die auch in Lüneburg lebt, in der Kirche Sankt Marien. Das war offenbar ein größeres Familienfest, deshalb gehe ich davon aus, dass das Alibi stimmt."

„So ähnlich siehts auch für Sandra Ullmann aus", schloss Olaf an. „Von ihrer Chefin habe ich eine Bestätigung per E-Mail, dass sie auch am sechsten und siebten Mai gearbeitet hat. Und in den Passagierlisten der entsprechenden Flüge ist kein Flug unter ihrem Namen gebucht." Er blätterte in seinen Notizen und fügte hinzu: „Zu Jenny Goebel allerdings habe ich immer noch keine einzige aktuelle Information gefunden. Sie ist seit damals buchstäblich abgetaucht."

Judith nickte und berichtete ihrerseits von dem Gespräch mit Staatsanwalt Krüger – von dem, was er explizit gesagt und dem, was er indirekt mitgeteilt hatte.

„Also", beendete sie ihren Bericht, „ich schlage vor, dass wir als Arbeitshypothese davon ausgehen, dass Jenny Goebel die verdeckte Ermittlerin war. Von Machnow haben wir den Hinweis auf die Polizistin –" „Diana Kühne", warf Olaf ein. „Genau", fuhr Judith fort. „Olaf, konzentrier dich jetzt darauf, ob du einen Zusammenhang zwischen diesen beiden Frauen finden kannst. Wenn es den gibt und Diana Kühne und Jenny Goebel dieselbe Person sind, dann haben wir allerdings die noch schwierigere Frage zu klären, wer und wo diese Person im Zeugenschutz ist. Und dabei kann uns naturgemäß niemand helfen."

Kaum hatte Judith zu sprechen aufgehört, stand Olaf auf, um zu seinem Rechner hinüberzugehen. Nach den erfolglosen Recherchen, die ihn frustriert hatten, erwachte sein Ehrgeiz, das neue Rätsel zu lösen.

„Simon, und wir beide sollten uns den Staatsanwalt Brehm mal anschauen. Von Dalhoff wissen wir, dass er gemauert hat, Krüger war kooperativ, hält sich aber auch korrekt an die Regeln, nun will ich sehen, was dieser Brehm für einer ist."

5

Das Grundstück wirkte durch die dichte, fast zwei Meter hohe Thuja-Hecke wie abgeschottet von der Straße, die „Im schwarzen Grund" hieß. Die beiden Ermittler:innen warteten nach dem Klingeln vor dem Tor darauf, eingelassen zu werden. Endlich ertönte der Summer, Judith drückte das schwere metallene Tor auf und sie betraten einen leicht geschwungenen, gepflasterten Weg, der zur ebenfalls metallenen Haustür führte. Links des Weges sah man in einen gepflegten Garten, der sich weiter nach hinten erstreckte. Die Tür öffnete sich.

„Guten Tag. Sie wünschen?" fragte eine ältere Dame, die Ermittler:innen aufmerksam musternd. Sie trug einen dunkelblauen Rock und eine blauweißgemusterte Bluse.

Ihr graues Haar war kurz geschnitten und das dunkelrote Gestell ihrer Brille bot dazu einen belebenden Kontrast.

Judith stellte sich und ihren Kollegen vor und fügte hinzu: „Wir möchten gern mit Herrn Brehm sprechen. Es geht um eine polizeiliche Ermittlung, an der er vor Jahren als Staatsanwalt beteiligt war."

„Ich bin Frau Mühlisch, die Haushälterin. Herr Brehm ist sehr krank. Ich weiß nicht, ob das nicht zu anstrengend für ihn wird."

„Bitte fragen Sie ihn", bat Judith freundlich. „Es ist so, dass wir wirklich seine Unterstützung brauchen. Wir stecken im Moment ziemlich fest."

Frau Mühlisch ließ die Besucher:innen eintreten, schloss hinter ihnen die Haustür und verschwand im Inneren der Villa.

„Hast du vorher nicht angerufen?" fragte Simon flüsternd.

Judith schüttelte den Kopf. „Ich dachte, das ist nicht nötig." Was sie nicht sagte, war, dass ein unbestimmtes Gefühl sie davon abgehalten hatte. Sie wollte ihn unvorbereitet treffen. Nach wenigen Minuten kam die Haushälterin zurück.

„Bitte kommen Sie mit." Frau Mühlisch begleitete Judith und Simon in ein großes Wohnzimmer mit hohen Fenstern, hinter denen die Terrasse und der offenbar weitläufige Garten zu sehen war. Verglaste Bücherschränke, ein offener Kamin, mehrere aufwendig gerahmte grafische Blätter an den Wänden, zwei Sofas, im Hintergrund sah man durch eine offenstehende Tür ins Esszimmer. Judith sah einen alten Mann, eine Wolldecke über den Knien, auf dem Sofa vor der Fensterfront sitzen. Er wirkte so zerbrechlich, dass sie fast erschrak. Als er langsam aufstand, die Decke neben sich legte und ihnen zur Begrüßung ein paar Schritte entgegenkam, bemerkte sie, dass er gut einsfünfundachtzig groß und sehr schlank, fast mager, war. Er hatte dünnes graues Haar, das kurz geschnitten war, trug aber keine Brille. Seine dunkelbraunen Augen, die hin und her huschten, schienen das Lebhafteste an ihm zu sein.

Judith registrierte, dass die Haushälterin eine Flasche Wasser und Gläser auf den Tisch zwischen den Sofas stellte. Sie setzten sich und Simon holte sein Notizbuch heraus.

„Was führt Sie zu mir?“ fragte Hans-Ulrich Brehm mit überraschend kräftiger Stimme.

Judith beschrieb so knapp wie möglich den Stand ihrer Ermittlungen und dass sie, um weiter zu kommen, mehr über die damalige Ermittlung wissen müssten, die zur Verhaftung und Verurteilung von Manulski und seinen Leuten geführt hatte.

„Das ist fünfzehn, sechzehn Jahre her“, gab Brehm zu bedenken. „Und mehr, als in den Ermittlungsakten steht, kann ich Ihnen nach so langer Zeit sicher nicht erzählen.“

„Keine Sorge“, beschwichtigte Judith scheinheilig, „es geht wirklich nur um das, was Sie selbst damals betraf, um die Situation, als Sie als leitender Staatsanwalt die Leitung der Ermittlung an Ihren Kollegen Herrn Doktor Dalhoff abgegeben haben. Und in Folge war dann mit Herrn Krüger ein weiterer Staatsanwalt mit der Begleitung der verdeckten Ermittlung beschäftigt. Das ist eine ungewöhnliche Konstellation, deshalb interessieren wir uns für die Erklärung. Wie kam es denn dazu?“

Brehm wandte den Blick zum Garten hin, als suche er dort in dem vielerlei Grün und den üppig blühenden Frühsommerblumen eine Antwort. Judith und Simon wechselten einen Blick, und der Kommissarin war klar, dass ihr Kollege sich genau wie sie an das Gespräch mit Staatsanwalt Dalhoff erinnert fühlte.

„Das waren damals ausschließlich persönliche Gründe“, sagte Brehm langsam, ohne die Ermittler:innen anzusehen. „Ich war … damals bin ich arbeitsunfähig erkrankt. Kollege Dalhoff hat dann für mich übernommen. Seitdem ist meine Gesundheit sehr anfällig, ich bin dann vorzeitig in Pension gegangen, weil ich den Belastungen der Arbeit als Staatsanwalt nicht mehr gewachsen war."

„Das tut mir leid. Das war sicher nicht leicht für Sie", sagte Judith freundlich. „Inzwischen gehen wir mit ziemlicher Sicherheit davon aus, dass der verdeckte Ermittler, dessen Einsatz schließlich zur Verhaftung der Drogendealer führte, bereits vor der Erteilung des Auftrags zur verdeckten Ermittlung aktiv war. Zu diesem Zeitpunkt waren Sie der leitende Staatsanwalt. Haben Sie von dieser Aktion gewusst oder geahnt oder das Okay dafür gegeben?"

Brehm wandte das Gesicht der Kommissarin zu, seine Augen funkelten zornig. „Das ist eine sehr dreiste Unterstellung. Sie wollen damit sagen, dass ich die Ermittlungen nicht im Griff hatte? Natürlich habe ich von dieser Aktion weder gewusst noch meine Zustimmung dazu gegeben. Wie können Sie so etwas annehmen!"

„Verzeihung, ich wollte Ihnen nicht zu nahe treten", räumte Judith ein. „Es war nur eine Frage in der Hoffnung, dass Sie etwas Licht in dieses Dunkel bringen können."

„Das ist wirklich kein guter Stil, Ihre eigene Unfähigkeit bei Ihrer Ermittlung dadurch zu verschleiern, dass Sie anderen Unfähigkeit unterstellen." Brehm erhob sich, seine Kiefermuskeln arbeiteten und sein Mund war zu einem Strich zusammengepresst.

War sie tatsächlich zu weit gegangen? Judith dachte an einen anderen Fall, in dem sie gescheitert war, weil sie aus Mitgefühl mit einer durch Leid und Krankheit mitgenommenen Verdächtigen deren mörderisches Potenzial nicht erkannt hatte. Der Anblick des gebrechlich wirkenden Staatsanwalts hatte anfangs ähnliche Gefühle in Judith geweckt. Aber diese hatten sich in wenigen Minuten verflüchtigt. Brehm wehrte ihre Fragen ganz offensichtlich ab. Er fühlte sich vielleicht sogar so sehr in die Defensive gedrängt, dass er Angriff für die beste Verteidigung hielt. Auch das war ein aufschlussreiches Ergebnis ihres kurzen Besuchs in der Dahlemer Villa, dachte Judith, während Frau Mühlisch sie und Simon zur Tür brachte und verabschiedete.

6

Ständig klingelte das Telefon und riss ihn aus seiner Recherche. Olaf war dabei, seine bisherige Sammlung zu Diana Kühne, die aus Daten und Fakten bestand sowie den Einträgen ihrer Personalakte bei der Polizei, um Informationen zu erweitern, die ihm ein genaueres Bild von ihrer Person und ihrer Biografie geben konnten. Denn aus Daten, Fakten und Aktennotizen ergab sich zwar ein Gerüst, aber keine anschauliche Vorstellung, was das für ein Mensch war, der diese Spuren hinterlassen hatte. Zwar war er wirklich erst am Anfang und es ging sehr langsam voran, aber er spürte jene Entdeckerfreude, die ihn seit Jahren immer wieder beflügelte, wenn er aus Einzelteilen Zusammenhänge zusammenfügen konnte, aus denen er wiederum ganz andere Schlussfolgerungen ziehen konnte.

Das Foto aus Diana Kühnes Akte war schwarzweiß und vermutlich gut fünfundzwanzig Jahre alt. Es zeigte eine junge Frau mit wachen Augen, die offenen Blicks in die Kamera schaute. Ihre dunklen Haare waren in der Mitte gescheitelt und wohl im Nacken zusammengebunden. Sie trug ein vermutlich schwarzes T-Shirt mit einem runden Halsausschnitt und darüber eine Jeansjacke in einem helleren Ton, wahrscheinlich blau. Während Olaf das Foto betrachtete, konnte er die Präsenz der jungen Frau deutlich spüren, noch nach so langer Zeit. Sie sah aus wie eine, die ungeduldig darauf brannte, aufzubrechen, loszugehen, Dinge in Bewegung zu setzen, entschlossen, neugierig, auf Abenteuer aus.

Olaf bemerkte, wie er eine Beziehung zu der Frau auf dem Foto zu entwickeln begann. Wie sie ihn zu interessieren begann, wer sie war, wo sie herkam, welche Ziele sie verfolgte, welche Träume sie hatte. Diana Kühne stammte aus Werder bei Potsdam, dort wuchs sie auf bei ihrer Großmutter Ida Kühne. Einen Vater gab es laut Geburtsurkunde nicht. Die Mutter verschwand offenbar aus dem Leben des Kindes, noch ehe es eingeschult war. Was aus ihr geworden ist, musste vorläufig offen bleiben. Diana war eine gute Schülerin und leistungsstarke Leichtathletin. Eine Einzelkämpferin, dachte Olaf. Sie war noch keine zwanzig Jahre alt, als ihre Großmutter starb. Olaf lehnte sich zurück in seinem Schreibtischstuhl.

Alles, was er bis jetzt in mühevoller Kleinarbeit zusammengetragen hatte – wobei einige lose Enden blieben, die er in den nächsten Tagen noch weiterverfolgen konnte –, ergab ein stimmiges Bild: das einer jungen Frau voller Talente und Tatendrang, die allein auf der Welt war, nichts zu verlieren hatte und offen dafür war, auch ungewöhnliche Wege zu gehen. Dass sie mit ihrem Motorrad zu einer Weltreise aufbrach, konnte Olaf sich genauso gut vorstellen wie dass sie als verdeckte Ermittlerin Manulski zur Strecke brachte.

Er legte das Foto, das Jenny Goebel zusammen mit Tadeusz Manulski zeigte, neben das von Diana Kühne als junge Polizistin. Es war aus einiger Entfernung aufgenommen, nicht ganz scharf. Als erstes fiel Olaf die unterschiedliche Ausstrahlung auf. Diana Kühne schaute offen, aufmerksam, ja fast erwartungsvoll in die Kamera. Jenny Goebel hingegen wirkte entspannt, als lebe sie ganz im Moment. Sie trug ein ärmelloses Hemd und lachte den Mann neben sich an. Jennys Gesicht war von ihren langen dunklen Haaren und einem Pony verdeckt, der ihr über die Augen fiel. Man konnte nicht erkennen, wo das Bild aufgenommen worden war. Vielleicht bei einem Picknick im Park oder an einem See, es war Sommer und beide saßen im Gras.

Olaf ließ seinen Blick vom einen zum anderen Foto wechseln und wieder zurück. Er dachte daran, wie oft er und Simon sich über Judith lustig gemacht hatten, wenn sie während einer Ermittlung ihr Gefühl, ihre Intuition ins Spiel brachte. Jetzt gerade wäre er froh über eine spontane Eingebung, die ihm sagte: ja, das ist dieselbe Frau, oder: nein, auf keinen Fall. Aber darauf würde er vergeblich warten, er musste auf anderen Wegen zu einer Lösung kommen.

7

Als Judith und Simon ins Büro kamen, war Olaf nicht da. Das war so ungewöhnlich, dass Judith sich verwundert an ihren Kollegen wandte und fragte: „Hat Olaf dir was gesagt, wo er hinwollte?"

Simon schüttelte den Kopf. „Vielleicht ist er ja im Haus unterwegs."

„Komm, dann lass uns ohne ihn anfangen", meinte Judith und ging zum Besprechungstisch. Simon setzte sich zu ihr und nahm seine Notizen heraus.

„Morgen um elf sind Kira und ich mit Sina Engels verabredet", sagte Simon langsam. „Kommt ihr ohne mich klar?"

„Na sicher. Zeitdruck ist jetzt das Letzte, was du brauchst." Judith hielt inne. „Ich weiß gar nicht, was ich dir wünschen soll …"

Simon winkte ab. „Das weiß ich selber nicht. Das Wichtigste ist für mich, dass wir eine gemeinsame Lösung finden, also eine, mit der Kira *und* ich gut leben können."

Judith nickte.

„Ich möchte noch mal auf die Infos zurückkommen", setzte sie an, „die wir aus den Gesprächen mit den drei Staatsanwälten haben, mit Dalhoff, Krüger und Brehm. Dalhoff und Brehm waren also offenbar damals befreundet und vermutlich sind sie es immer noch. Krüger hatte mit beiden nichts zu tun außer über die Arbeit. Er wollte sich damals gern profilieren und ihm kam es grade recht, dass er die verdeckte Ermittlung begleiten konnte. Und die war ja als solche recht erfolgreich."

„Vielleicht war Krüger deshalb so kooperativ, weil diese ganze Geschichte für ihn einfach nur extrem positiv war", sinnierte Simon. „Bis auf den toten Polizisten natürlich."

„Genau", bestätigte Judith. „Er hat mutig und beherzt zugegriffen, konnte nicht wissen, wie die Sache laufen würde, und am Ende hatte er seine ersten Lorbeeren als Staatsanwalt eingesammelt."

„Brehm und Dalhoff hingegen wollten sich offensichtlich nicht die Finger verbrennen und haben die Ermittlung weitergereicht wie eine heiße Kartoffel."

„Nein", fiel Judith ihrem Kollegen ins Wort, „nicht die Ermittlung an sich, die hat ja Dalhoff weiter begleitet. Krüger war ja ausschließlich zuständig für die verdeckte Ermittlung."

„Bei Dalhoff und bei Brehm war ja nicht zu übersehen, dass die alle beide kein Interesse hatten, uns zu unterstützen. Aber aus dem, was uns vorliegt, gehen keine Begründungen dafür hervor. Und von den beiden werden wir nichts erfahren."

„Lass uns die Sache mal von einer anderen Seite aus betrachten", schlug Judith vor. „Wir können, denke ich, mit einer gewissen Wahrscheinlichkeit davon ausgehen, dass Diana Kühne und Jenny Goebel dieselbe Person sind. Olaf ist da ja dran."

„Ja, das können wir als Arbeitshypothese auf jeden Fall nutzen", stimmte Simon zu.

„Gut, dann sehen wir das Ganze mal aus der Perspektive der Polizistin. Da kennen wir uns ja aus. Was wir bisher wissen, ist in etwa Folgendes: Sie ist auf Manulskis Spur, hat ihn vielleicht durch Zufall kennengelernt, der Kontakt intensiviert sich. Als Polizistin weiß sie, dass das nicht der klassische Weg ist, aber sie hat es sich in den Kopf gesetzt, die Sache durchzuziehen. Sie wendet sich aber nicht an Brehm, weil sie möglicherweise schon ahnt, dass der mit ihrem Vorgehen nicht einverstanden sein wird. Und dann fällt der sowieso aus, weil er durch seine privaten Geschichten aus der Bahn geworfen ist. Wenn sie wusste, dass Brehm und Dalhoff befreundet waren, dann wird sie sich ausgerechnet haben, dass sie auch bei Dalhoff keine Unterstützung findet. Und dann ist es einfach nur logisch, dass sie sich einen Staatsanwalt sucht, der sie bei ihrer etwas unorthodoxen verdeckten Ermittlung unterstützt – und Krüger hat mitgemacht. Wie hört sich das für dich an?" Judith lehnte sich zurück und sah ihren Kollegen erwartungsvoll an.

„Das wäre in der Tat sehr ungewöhnlich", meinte Simon. „Ehrlich gesagt kann ich mir nicht vorstellen, dass einer wie Dalhoff Diana Kühne einfach hätte machen lassen. Bei Brehm ging das alles vielleicht unter dem Radar durch, weil er keine Kraft und Nerven dafür hatte. Aber einer wie Dalhoff hätte die junge Polizistin doch eher zurückgepfiffen, wenn nicht gar disziplinarisch belangt."

„Da ist was dran." Judith dachte nach. „Wenn deine Überlegungen zutreffen, Simon, und dafür spricht einiges, dann hätte die Kühne weder bei Brehm noch bei Dalhoff nachgefragt, sondern wäre gleich zu Krüger gegangen. Dann hätte sie Brehm und Dalhoff übergangen. Und dafür müsste sie verdammt gute Gründe gehabt haben."

Simon setzte sich aufrecht hin. „Du meinst jetzt aber nicht, dass Brehm oder Dalhoff mit Manulski unter einer Decke steckten? Das wäre ja der Hammer!"

Judith schaute ihn einen Augenblick irritiert an. „Nein, das hab ich nicht gedacht. Aber vielleicht ist sogar das nicht völlig abwegig. Ich hab eher daran gedacht, dass die Kühne in anderem Zusammenhang keine guten Erfahrungen mit Brehm oder Dalhoff gemacht hat – weiß der Geier, vielleicht gabs da mal eine unangenehme Anmache bei irgendeiner Weihnachtsfeier, aber das ist wohl wirklich zu weit hergeholt."

„Wer weiß. Wir sollten uns auf der Klatsch-und-Tratsch-Ebene von damals umhören", schlug Simon vor. „Was genau war denn mit dem Brehm los? Hatte er Schulden, war er korrupt, wurde er Opfer eines Verbrechens oder eines Unfalls, hatte er oder jemand aus seiner Familie eine schwere Krankheit – wir wissen ja nicht, warum der plötzlich ausfiel. Möglicherweise ist der Grund für unsere Ermittlungen auch gar nicht relevant, aber da ist jedenfalls eine Lücke, die wir ausfüllen sollten."

„Stimmt", pflichtete Judith ihm bei. „Ich hab auch schon eine Idee, wie wir an den Klatsch und Tratsch kommen …"

8

Seit er sich wieder eine eigene Maschine zugelegt hatte, war Olaf zwar immer mal wieder zusammen mit Corrado auf Tour gegangen, aber zur Arbeit fuhr er wie gewohnt mit dem Rad. Warum er heute das Motorrad genommen hatte, konnte er selbst nicht sagen. Aber jetzt war es einfach perfekt, dass er auf seiner gebrauchten Harley Iron losfahren konnte; die hatte er sich schließlich gekauft, nachdem er öfters mit Corrados Harley gefahren war und sich schnell an die Iron gewöhnt hatte. Unterwegs auf

der A 115 nach Südwesten genoss Olaf diesen Ausklang des Tages. Obwohl er sich sonst wirklich nicht um Vor-Ort-Recherchen riss, hatte er keinen Moment gezögert. Normalerweise war er stets froh, dass Judith und Simon ihn in Ruhe am Rechner recherchieren ließen und die Befragung der Zeug:innen und anderes, was nur „draußen“ zu erledigen war, ohne weitere Diskussion angingen. Olaf hatte eine Fahrt von gut einer Stunde vor sich, am Schwielowsee vorbei und dann ein kleiner Schwenk nach Norden, wo das Städtchen Werder, das in Teilen auf einer Insel lag, sein Ziel war. Vor Jahren, als die Kinder noch klein waren, waren sie gern um den ersten Mai herum zum jährlichen Baumblütenfest nach Werder gefahren, und später war er mit Jonas mal für ein Angelwochenende am Schwielowsee gewesen. Lange her, dachte Olaf fast wehmütig, und nahm sich vor, in diesem Sommer noch einmal mit mehr Zeit hierher zu fahren – vielleicht mit Sina und Rio zu einer kleinen Wanderung durch die Glindower Alpen, ein nahe dem Schwielowsee gelegenes Landschaftsschutzgebiet.
Während Olaf langsam durch die Marienstraße in Werder fuhr, stellte er fest, dass das Haus, in dem Diana Kühne aufgewachsen war, komplett saniert war, ähnlich wie die benachbarten Häuser. Er stellte die Maschine ab, ging langsam die Straße hinunter und studierte die Namen auf den Klingelschildern. Ein paar Häuser von Kühnes ehemaligem Wohnhaus stand eine Frau von Ende vierzig auf einem kleinen Balkon im ersten Stock, auf dem Fuchsien in verschiedenen Farbkonstellationen üppig blühten, und begoss die Blumenpracht in den Kästen. Olaf bemerkte, dass sie ihn aus den Augenwinkeln beobachtete, und grüßte sie.

So gut es ging angesichts der Entfernung zeigte Olaf seine Polizeimarke und fragte, ob er sich mit ihr unterhalten könnte. Er sah sie kurz zögern, dann nicken und wenig später kam sie ihm aus dem knarrenden Hoftor entgegen. Sie war schlank und wirkte sportlich und durchtrainiert. Mit vor der Brust gekreuzten Armen blieb sie vor dem Hauptkommissar stehen. Olaf erklärte, dass er auf der Suche nach jemandem sei, der Diana Kühne kannte.

Über das Gesicht der Frau, die sich als Annette Lukasch vorgestellt hatte, ging ein erstauntes Lächeln. „Naja", sagte sie ruhig, „die wohnte ja da vorne", und streckte einen Arm in die Richtung des früheren Wohnhauses der Kühnes. Olaf freute sich über sein Glück, denn die ehemalige Nachbarin begann bedächtig zu erzählen. „Die Diana war ein paar Jahre jünger als ich, wir kannten uns aber natürlich aus der Schule und hier waren wir ja praktisch Nachbarinnen. Ich wohne jetzt schon länger wieder in meinem Elternhaus, mein Bruder ist damals nach Potsdam gezogen und arbeitet dort. Unser Vater lebt nicht mehr, die Mutter ist jetzt schon sechs Jahre im Seniorenheim. Die Diana ist bei ihrer Großmutter aufgewachsen. Die Mutter hat sich aus dem Staub gemacht, es heißt, sie ist nach Kanada ausgewandert." Annette Lukasch zuckte die Achseln. „Genau weiß ich das aber nicht, das war halt so das Gerede damals. Die Ida, Dianas Oma, die war wie eine Mutter für sie; hat sie morgens zur Schule gebracht, kam zu den Sportfesten und Theateraufführungen in der Schule, hat ihr Hosen genäht und Pullover gestrickt und so. Die beiden haben sehr aneinander gehangen. Kein Wunder, wenn man sonst niemanden hat. Die Ida hat im Obstanbau gearbeitet wie viele hier. Und Diana, die war gut in der Schule, war gern draußen, hat viel Sport gemacht, war auch im Sportverein, und später ist sie zur Polizei gegangen nach Berlin. Aber da lebte die Ida schon nicht mehr. Na, das hätte ihr bestimmt gefallen, dass die Diana Polizistin geworden ist. Gesehen hab ich sie aber schon ewig nicht mehr. Naja, sie hatte ja auch keinen Grund mehr, hierher zu kommen."

„Und was war mit ihrem Vater?“ fragte Olaf.

„Keine Ahnung.“ Annette Lukasch schüttelte den Kopf. „Ich kann mich nicht erinnern, dass von dem jemals die Rede war. Auch nicht, dass dort mal irgendein Mann gewohnt hat.“

„Was mich noch interessiert: Hatte Diana Kühne denn eine beste Freundin oder einen guten Freund, die noch hier leben?“

Seine Gesprächspartnerin überlegte. „Da müsste ich nachdenken. Die Diana war zwar immer mittendrin, aber … nee, an eine beste Freundin oder so kann ich mich nicht erinnern. Das wechselte bei der schneller als man schauen konnte, auch später mit den Jungs. Mein Bruder war mal in sie verknallt, aber sie war irgendwie nicht zu fassen. Sie war wie ständig auf dem Sprung, irgendwie unruhig, unbeständig, wissen Sie?“

Ja, dachte Olaf. Aber auch irgendwie sehr lebendig und ganz da.

Er zog vergrößerte Abzüge der beiden Fotos aus der Tasche seiner Lederjacke, strich sie glatt und hielt sie Annette Lukasch hin. „Schauen Sie mal, erkennen Sie Diana Kühne darauf?“

Die ehemalige Nachbarin griff lachend nach dem Foto, das die junge Polizistin zeigte. „Ja, genau, das ist Diana. So hab ich sie auch in Erinnerung. Und das hier …“ Sie betrachtete das deutlich unschärfere Foto, auf dem Jenny Goebel und Tadeusz Manulski zu sehen waren, zeigte mit dem Zeigefinger auf das Gesicht der jungen Frau. „Man sieht nicht viel von ihrem Gesicht, aber so wie sie da sitzt, ihre Haltung – also ich würde sagen, das ist sie.“ Sie schaute Olaf an.

„Sind Sie sich sicher, Frau Lukasch? Lassen Sie sich ruhig Zeit“, antwortete er so gelassen wie möglich.

Sie besah sich erneut beide Fotos, ihr Blick ging hin und her, sie lächelte, dann gab sie ihm beide Abzüge zurück.

„Doch, bin ich. Klar, das zweite Foto ist nicht besonders scharf, aber trotzdem sagt mir mein Bauchgefühl, das ist die Diana. Ja." Sie nickte. „Wie geht es ihr? Wo lebt sie denn jetzt? Immer noch in Berlin?"

All das wüssten wir auch gerne, dachte Olaf. „Leider kann ich Ihnen dazu nichts sagen", sagte er entschuldigend. „Sie haben mir jedenfalls weitergeholfen. Danke, Frau Lukasch."

Samstag, 13. Mai

1

Vor den Fenstern wurde es langsam hell. Corrado lag schon länger wach. Sätze aus dem Gespräch gestern Abend mit Paul, Jans Bruder, zogen durch seine Gedanken wie einzelne Wolken am Himmel. Sie hatten sich in einem Gartenlokal am Landwehrkanal getroffen, nicht weit von Pauls Wohnung in der Grimmstraße entfernt. Corrado, der mit dem Motorrad gekommen war, trank ein Radler, Paul einen Spätburgunder. Das grüne Blätterdach der Platanen über ihnen, die einfachen Holztische und die Bänke, auf denen sie saßen, kamen Corrado wie ein stabiler, sicherer Rahmen für ihr erstes Gespräch nach so vielen Jahren vor. Er hatte damals den Kontakt zu Jans Familie abgebrochen, weil er es einfach nicht ertragen konnte, an seinen Verlust erinnert zu werden. Zwar war er bei den Begräbnissen der Mutter und später des Vaters von Jan gewesen, aber darüber hinaus hatte er den näheren Kontakt zu Paul und Lea, wie es ihn zu Jans Lebzeiten selbstverständlich gegeben hatte, vermieden. Nun hörte Corrado, was der Verlust des Bruders für Pauls und Leas Leben bedeutet hatte. Paul erzählte, wie seine Schwester und er nach dem Tod der Eltern auch noch beinahe einander verloren hätten. Lea hielt sich schon während des Studiums viel im Ausland auf und erforschte die Lebensräume und -gewohnheiten verschiedener Vogelarten. Am meisten faszinierten sie Zugvögel, sie wollte gemeinsam mit ihren Kolleg:innen deren innerem Kompass auf die Spur kommen. Paul sagte mit einem kleinen Lachen, Lea habe sich auch so einen inneren Kompass gewünscht, der sie durch ihr Leben navigieren könnte. Paul selbst hatte sich mehr und mehr in seine künstlerische Arbeit und die Musik vergraben, während er seine Berufstätigkeit als Kunsterzieher eher vernachlässigte. In der Schule, im Umgang mit den Kindern und Jugendlichen, mit seinen Kolleg:innen empfand er sich oft als seltsam leblos, wie ein funktionierendes Maschinchen. Seine Freundin Ulrike trennte sich nach mehr als zehn Jahren des Zusammenlebens von ihm, ohne dass er einen Versuch unternahm, sie aufzuhalten. Paul beschrieb seinen Zustand als eine Konzentration dessen, wer und was er war, auf den innersten Punkt. Erst in den letzten paar Jahren war es ihm gelungen, sich wieder mehr zu öffnen für neue Begegnungen und Interessen, gelassener umgehen zu können mit seinen Verlusten und zuversichtlicher seinen Alltag zu meistern.

Corrado hörte zu und erkannte in den Erzählungen Pauls eine Art Spiegelbild und doch etwas ganz anderes als seine eigene Art, mit Jans plötzlichem Tod umzugehen. Nach und nach brachte Corrado seine Gefühle, seinen Schmerz und seine Ängste in das Gespräch ein und spürte dabei, wie sehr er dieses Aussprechen und Benennen brauchte, um sich wieder lebendiger zu fühlen. Irgendwann im Laufe des Abends hatten sie sich vom Dort und Damals so weit entfernt, dass sie im Hier und Heute angekommen waren.

Paul hatte Corrado zum Konzert seines Quartetts am übernächsten Sonntag eingeladen. Das war ein guter Anfang, fand Corrado, schlug die Bettdecke zurück und stand auf.

2

„Dann ist das jetzt mehr als eine Arbeitshypothese“, sagte Judith und klopfte mit ihrem Kuli auf den Tisch, „wir gehen jetzt also definitiv davon aus, dass Diana Kühne und Jenny Goebel ein und dieselbe Person sind. Sie war diejenige, die mit ihrem Einsatz schlussendlich dafür gesorgt hat, dass Manulski und seine Leute in den Knast gewandert sind. Und irgendwie bin ich ziemlich sicher, dass Manulski das gewusst haben muss – der hatte doch jede Menge Zeit, alles noch einmal durchzugehen und sich zu fragen, wer das und jenes gewusst haben könnte, oder?"

Olaf war sehr zufrieden damit, dass er mit seiner spontanen Tour nach Werder nicht nur den Beweis für die Identität von Kühne und Goebel erbracht hatte, sondern auch, dass er, wie es so schön heißt, über seinen Schatten gesprungen war und eine sehr erfolgreiche Recherche vor Ort durchgeführt hatte. Es war eigentlich ganz einfach gewesen und hatte ihm auch noch Spaß gemacht; naja, das wohl auch wegen der Tour auf der Harley.

„Wahrscheinlich hast du recht", bestätigte er Judiths Annahme. „Aber Manulski hat offenbar während seiner Haft jegliches Bedürfnis nach Rache, falls er das mal hatte, verloren. Erinnerst du dich, der Pfarrer sagte euch doch, der war mit sich im Reinen oder so ähnlich?"

Judith nickte. „Wenn das stimmt, dann ging von Manulski keine Gefahr für Diana-Jenny aus." Sie stützte sich mit den Ellenbogen auf den Tisch. „Aber das konnte sie ja nicht wissen. Sie hat Abstand gehalten und blieb in Deckung. Jedenfalls soweit wir wissen."

„Ich habe übrigens in den letzten Tagen immer mal wieder geschaut, ob es in Berlin und Brandenburg eine direkte Verbindung von einem der Drogentoten von damals zu Manulski gibt. Deren Verwandte und Freunde hätten ja auch Motive zuhauf, sich an Manulski zu rächen. Aber das ist die berühmte Nadel im Heuhaufen, da ist nichts bei rum gekommen."

„Ja, das war zu erwarten. Aber trotzdem gut, dass du dir das mal angeschaut hast. Und hat sich eigentlich mal jemand von der Verkehrsüberwachung gemeldet?"

Olaf schüttelte den Kopf. „Nein, da frag ich zwar immer mal nach, aber die haben einfach zu wenig Leute. Es kann noch dauern, bis die genug Zeit dafür haben. Immerhin müssen sie eine ganze Nacht bis zum Morgen überprüfen."

Judith streckte die Beine aus und lehnte sich in ihrem Stuhl zurück. „Na gut. Übrigens, Simon hatte gestern noch eine gute Idee. Wir wissen noch nicht genug über diesen Staatsanwalt Brehm. Eine ordentliche Recherche ist das eine, aber wir brauchen zusätzlich doch auch Klatsch und Tratsch von damals. Was hältst du davon, wenn wir Corrado bitten, sich mit der Hoffmann-Perutzki zu treffen und sie danach zu fragen?"

„Na klar!" Olaf fand die Idee prima. Denn Corrado Steinitz hatte einen guten Draht zu der Staatsanwältin, die ihre Ermittlungen zum Mord an einem syrischen Kriegsverbrecher, an denen auch Corrado beteiligt war, sehr hilfreich unterstützt hatte – auch wenn nicht alles nach dem Buchstaben des Gesetzes zugegangen war. „Ich ruf ihn an."

Während Olaf telefonierte, scrollte Judith durch die elektronische Akte auf der Suche nach unerledigten Aufgaben und offenen Fragen. Weit kam sie nicht, denn schwungvoll betrat Anton Margraf, der Kollege von der Kriminaltechnik, das Büro.

„Einen schönen guten Morgen", grüßte er gut gelaunt. „Es hat sich was getan in eurem Fall." Er kam näher und stützte sich mit beiden Händen auf Judiths Schreibtisch. Abwechselnd zu Judith und Olaf, der sein Telefonat rasch beendete, schauend, begann er seinen Bericht.

„Gestern Nacht ist Astrid Schmitt, die Gärtnerin aus Stahnsdorf, ins Klinikum Ernst von Bergmann in Potsdam eingeliefert worden, Verdacht auf Schlafmittelvergiftung. Sie haben sie inzwischen wieder stabilisieren können, es besteht keine Lebensgefahr mehr, aber es war knapp. Das Ganze lief zuerst unter der Überschrift Suizidversuch, aber das war es wohl eher nicht."

Judith stand so abrupt auf, dass ihr Schreibtischstuhl gut einen Meter von ihr wegrollte.

„Toni, machs nicht so spannend! Was ist passiert?"

„Bisheriger Stand: Irgendjemand hatte der Schmitt eine Flasche Wein vor die Wohnungstür gestellt, gestern Abend hat sie davon getrunken, ihr wurde übel, schwindlig, sie kriegte kaum mehr Luft und konnte gerade noch gegenüber bei ihrer Nachbarin klopfen, die Krankenschwester ist und sofort den Notarzt gerufen hat. Dass die so schnell reagiert hat, hat der Schmitt das Leben gerettet."

„Und was war im Wein?" fragte Olaf.

Anton setzte sich auf eine Schreibtischecke. „Wir haben jede Menge Benzodiazepine und Barbiturate aufgelöst gefunden, ein Potpourri an Schlafmitteln von Valium über Tavor bis Rohypnol. In der Wohnung selbst gab es keine leeren Packungen, auch sonst keine Medikamente außer so was wie Traumeel. Unterm Strich: Da wollte jemand die Frau aus dem Verkehr ziehen."

Judith hatte aufmerksam zugehört, sie war hochkonzentriert. „Okay, ich verstehe, dass ein Suizidversuch bei der Indizienlage ausgeschlossen werden kann – in diesem Fall hätte sie ja auch kaum die Nachbarin alarmiert. Aber für einen Mordversuch ist das doch ein bisschen unprofessionell, oder? Da stellt ihr jemand eine präparierte Flasche Wein vor die Tür in der Hoffnung, dass sie die demnächst aufmacht und leertrinkt. Schmeckt man denn nicht, dass da was drin ist, das da nicht reingehört? Astrid Schmitt hätte die Flasche ja bis Weihnachten aufheben können. Außerdem, wenn ich nicht weiß, woher der Wein kommt, dann trinke ich den doch nicht!"

Anton lachte. „Na, du trinkst den vielleicht nicht oder wartest bis Weihnachten! Aber da kannst du doch nicht von dir auf andere schließen. Die Nachbarin hat außerdem gesagt, dass sie und auch die anderen Leute aus dem Haus einander öfters mal was vor die Tür gestellt haben, ohne dass es darüber Gesprächsbedarf gab – jemand hat Äpfel aus dem Garten mitgebracht oder Nüsse oder selbstgebackenen Kuchen und so. Und die Schmitt trank abends gern mal ein Glas Wein, das war auch bekannt unter den Nachbarinnen und Nachbarn. Was den Geschmack betrifft: Das kommt darauf an. Aber selbst wenn du immer einen bestimmten Wein trinkst, dann gibt es durchaus feine Abweichungen im Geschmack von Jahrgang zu Jahrgang. Und wenn die Schlaftabletten fein gemörsert da drin gelöst sind, kann es sein, dass du erst mal ein Glas trinkst und dann vielleicht genauer hinspürst."

„Okay", sagte Judith langsam. „Soweit klar. Aber als Mordversuch bleibt das für mich irgendwie schwach."

„Betrachte es mal andersherum", schlug Anton vor und stand auf. „Da hat jemand seinen kompletten Schlafmittelvorrat aufgelöst und per Infusionsspritze durch den Korken in die Weinflasche gedrückt. Hat ihr die Flasche vor die Tür gestellt. Und hat darauf gesetzt, dass sie ein Glas oder zwei trinkt. Wenn die Schmitt trotz der einsetzenden Atemnot, Übelkeit und den Bewusstseinsstörungen nicht so geistesgegenwärtig gewesen wäre, die Nachbarin zu holen, wäre ihr Kreislauf zusammengebrochen und die Atemnot hätte schließlich zum Atemstillstand geführt – Exitus. Das war schon eine sichere Sache."

„Seid ihr noch in der Wohnung von der Schmitt zugange?" fragte Olaf.

„Nein, wir haben ja die ganze Nacht Zeit gehabt. Scherz beiseite, da war nicht viel zu tun. Die Nachbarin, Dagmar Imhoff, hier die Kontaktdaten" – Toni legte ein paar Blätter auf Judiths Schreibtisch – „die ist jetzt auf Arbeit in der Klinik, wo auch die Schmitt liegt, und hier außerdem die Zusammenstellung der Wirkstoffe, die zu der Vergiftung geführt haben."

„Danke, Toni." Judith griff nach den Blättern und Olaf rief dem Kollegen, der bereits an der Tür war, ein munteres „Schlaf gut!" hinterher.

3

Corrado Steinitz fühlte sich wohl in dem sparsam möblierten, aufgeräumten Büro von Gerlinde Hoffmann-Perrutzki. Schreibtisch und Regale stammten erkennbar aus älteren Beständen, sie waren aus dunklem Holz und wirkten wuchtig. Der einzige persönliche Gegenstand, den er bemerkte, schien der schwere gläserne Aschenbecher zu sein, der direkt neben der linken Hand der Staatsanwältin stand. Sie war sicher nicht die einzige Staatsanwältin, die auch am Wochenende Akten wegarbeitete, weil während der Woche zu viel andere Termine auf sie warteten. Über die Jahre hindurch hatte Corrado als Ermittler bei der Organisierten Kriminalität immer wieder mit der Staatsanwältin zu tun gehabt und hatte diese Zusammenarbeit zunehmend schätzen gelernt. Hoffmann-Perrutzki galt als unbestechlich, fair und gerecht, und diese Attribute ihrer Arbeitshaltung hatte Corrado immer wieder bestätigt gefunden. Die Sphinx, wie Corrado sie bei sich nannte, saß hinter ihrem Schreibtisch, wie immer ganz in Schwarz gekleidet, in der linken Hand die obligatorische Zigarettenspitze, und schaute den Besucher aus schwarz ummalten Augen unter dem Pony ihres dunklen Pagenkopfs ruhig an.

Corrado dankte ihr nochmals dafür, dass sie ihm so schnell und unkompliziert einen Gesprächstermin angeboten hatte, zumal sein Anliegen ja durchaus etwas heikel war. Eben deshalb war es ja auch kein Thema für ein Telefonat.

Nun trug er der Staatsanwältin in konzentrierter Form vor, wie sich der Mordfall Manulski bisher entwickelt hatte und dass das Team des LKA 1, Judith Rabe, Olaf Lehnert und Simon Bacher, davon ausging, dass eine Lösung sehr wahrscheinlich im Umfeld und Ablauf der Ermittlungen vor sechzehn Jahren zu finden sei. Er fasste zusammen, was Judiths Team an Informationen über die verdeckte Ermittlung und die Arbeit der Staatsanwälte Brehm, Dalhoff und Krüger bereits ausgegraben hatte.

Hoffmann-Perrutzki hörte aufmerksam zu. Der Rauch ihrer Zigarette zog in kleinen Wölkchen hinüber zum Fenster, dessen einer Flügel offen stand. Die Zigarette, die sie Corrado angeboten hatte, hatte dieser dankend abgelehnt.

„Das war tatsächlich eine ziemlich ungewöhnliche und dazu noch ziemlich verworrene Lage bei dieser Ermittlung damals“, sagte die Sphinx nun und drückte die Zigarette im Aschenbecher aus. Während sie die Handflächen aneinanderlegte, sah sie gedankenverloren zum Fenster. „Sie, beziehungsweise das Team von Frau Rabe, wollen nun wissen, was da außerdem noch hinter den Kulissen lief. Kann ich verstehen. Ich glaube schon, dass ich Ihnen da ein paar Hinweise geben kann.“ Sie lächelte, und die Lachfältchen in ihren Augenwinkeln sahen aus wie feines Plissee, fand Corrado. „Was auch immer Sie und Frau Rabe daraus machen – von mir haben Sie selbstverständlich nichts erzählt bekommen.“

Corrado hörte den strengen Unterton in ihrer Stimme und nickte. Er hatte schon immer den Eindruck gehabt, dass die Hoffmann-Perrutzki in ihrer Rede mehrere Bedeutungsebenen zum Klingen bringen konnte, wenn es darauf ankam – so wie eine Musikerin beim Interpretieren der Partitur.

„Damals gab es das Gerücht, dass Staatsanwalt Brehm eine heimliche Affäre mit einer jungen Polizistin hatte.

Ganz so verborgen blieb die aber offenbar nicht. Darüber wurde getuschelt, und natürlich war es völlig daneben, dass ein Staatsanwalt sich seine Liebschaften bei der Polizei suchte. Da waren ja Interessenkonflikte vorprogrammiert. Er hatte, soweit ich mich erinnere, öfters mal Affären, und ich nehme an, seine Frau hat sich im Laufe der Jahre daran gewöhnt. Brehm war ein Mann, der Macht erotisch fand und sich für unwiderstehlich hielt. Mit diesem Selbstbewusstsein – oder vielleicht besser mit dieser Selbstherrlichkeit – führte er auch sein Amt als Staatsanwalt und hat sich dabei natürlich auch Feinde gemacht, eigentlich in allen Instanzen, mit denen er es zu tun hatte. Er war also, kurz gesagt, in seinem beruflichen Umwelt ziemlich unbeliebt, manche haben es wohl auch ausdrücklich vermieden, mit ihm zusammenzuarbeiten. Deshalb kann ich mir gut vorstellen, dass sein plötzlicher Absturz bei einigen auch so was wie Schadenfreude hervorgerufen hat. Denn es passierte etwas in seinem Weltbild völlig Unvorhergesehenes: Seine junge Freundin verließ ihn offenbar Knall auf Fall wegen eines anderen Mannes und er verstand die Welt nicht mehr. Dann hat ihn auch noch seine Frau verlassen und es ging das Gerücht, dass sie sich seinetwegen das Leben genommen hätte. Da kam also ganz schön viel auf einmal zusammen für den armen Brehm." Die Sphinx lächelte maliziös. Corrado war klar, dass ihr Mitgefühl sich damals wie heute in Grenzen hielt, und er fühlte sich darin mit ihr einig. „Er fing an, mehr zu trinken, als ihm guttat, auch mal im Dienst, lebte wohl eine Zeitlang von einem Cocktail aus Aufputsch- und Beruhigungsmitteln, ließ sich immer wieder für ein paar Tage oder Wochen krankschreiben, bis er schließlich einen Zusammenbruch hatte und für mehrere Monate in einer Klinik verschwand. Doktor Dalhoff, der mit Brehm näher bekannt, vielleicht auch befreundet war, hat ihn wohl anfangs gedeckt, aber das ließ sich natürlich nicht aufrechterhalten. Brehm war jedenfalls erst wieder im Dienst, als diese Ermittlungen, von denen wir hier reden, längst abgeschlossen waren. Er hat dann noch ein paar Jahre gearbeitet, aber er war nicht mehr derselbe wie zuvor. Das konnte selbst ich sehen, und ich hatte immer nur dienstlich mit ihm zu tun und ging ihm ansonsten aus dem Weg. Irgendwann hörte ich dann, dass Brehm sich krankheitshalber in den vorzeitigen Ruhestand hat versetzen lassen. Es hieß, er habe eine Krebserkrankung."

Hoffmann-Perrutzki machte eine Pause und steckte sich eine weitere Zigarette an. „Und jetzt, Steinitz, wird es noch undurchsichtiger oder hypothetischer, denn über das, was ich Ihnen jetzt sage, habe ich keinerlei gesicherte Informationen. Aber ich habe meinen Kopf benutzt, damals wie heute, und ich halte meine Version für sehr wahrscheinlich."

Corrado spürte, wie sich seine Schulter- und Nackenmuskulatur anspannte, als er sich unwillkürlich nach vorne beugte auf seinem Sessel, der so vor dem Schreibtisch der Staatsanwältin stand, dass sie einander vis-à-vis saßen. Während sie dem Rauch nachsah, der wieder in Richtung des geöffneten Fensterflügels davon wehte, sprach sie weiter.

„Die Polizistin, mit der Brehm diese heimliche Affäre hatte, hat wohl von sich aus die Vorbereitungen für die verdeckte Ermittlung getroffen und Brehm auflaufen lassen. Ich bin ziemlich sicher, dass der von nichts wusste, geschweige denn, dass er diese Aktivität unterstützt hätte. Er wollte ja immer die Zügel in der Hand behalten, er konnte überhaupt nicht damit umgehen, dass die junge Frau ihn als Liebhaber abserviert und auf eigene Faust eine verdeckte Ermittlung beginnt, die sie dann auch noch so erfolgreich durchzieht! Es kann eigentlich nur so gewesen sein, dass es die Entscheidung dieser Ermittlerin war, weder mit Brehm noch Dalhoff zusammenzuarbeiten. Stattdessen hat sie sich Staatsanwalt Krüger gesucht, der jung, unerfahren, ehrgeizig und ungeduldig war, und zusammen haben diese beiden den Drogenring hochgehen lassen. Chapeau vor der Kollegin! Das war ein gelungener Coup."

„Ich kann Ihnen gut folgen, Frau Staatsanwältin", sagte Corrado zufrieden und lehnte sich noch weiter nach vorne. „Das hört sich für mich absolut logisch an. Diese junge Kommissarin war übrigens Diana Kühne, und sie machte zur Bedingung, dass sie nach Abschluss der Ermittlungen im Zeugenschutz neu anfangen kann. Das ist wohl auch geschehen. Aber damit ist sie eben auch für die aktuelle Ermittlung nicht auffindbar."

Hoffmann-Perrutzki ließ ein leises heiseres Lachen hören. „Naja, Steinitz, das ist der Sinn des Zeugenschutzes. Sie soll unter ihrer neuen Identität in Sicherheit leben können. Es würde mich nicht wundern, wenn sie irgendwo im Ausland sich ein neues Leben aufgebaut hat." Eine weitere Reihe kleiner Wölkchen zog zum Fenster. „Und ich sehe kein Motiv bei ihr, Manulski zu töten. Sie vielleicht?"

„Nein, überhaupt nicht. Rein theoretisch – wirklich nur theoretisch betrachtet, hätte allerdings Staatsanwalt Brehm ein Motiv, sich an seinem früheren Nebenbuhler zu rächen, oder? Das muss er ja nicht selbst getan haben."

„Vorsicht, Steinitz!" Die Staatsanwältin hob eine Hand. „Das ist wirklich sehr theoretisch. Und das Ganze ist ja sechzehn Jahre her. Wenn Sie dann noch bedenken, dass der Mann schwer krank ist – obwohl, man kanns auch so sehen: Er hat nichts mehr zu verlieren."

4

„Zum Glück ist sie am Leben, und wir müssen dafür sorgen, dass das so bleibt." Judith hatte soeben veranlasst, dass Astrid Schmitt in ihrem Zimmer im Ernst-von-Bergemann-Klinikum bewacht wurde. Wer auch immer sie aus dem Weg räumen wollte, würde es möglicherweise erneut versuchen.

„Olaf, du hast doch schon mal eine Recherche zu der Schmitt gemacht – kannst du das noch mal kurz zusammenfassen?"

„Klar, viel war es ohnehin nicht. Geboren in Karlsruhe in Baden-Württemberg, Yogalehrerin, Fitnesstrainerin, danach in Freiburg im Garten- und Landschaftsbau, seit zwei Jahren in Stahnsdorf, Gärtnerin im Waldfriedhof. Keine Einträge, keine Fingerabdrücke."

„Viel ist das wirklich nicht. Und trotzdem: Ausgerechnet *ihr* Auto wird gestohlen, um Manulski aus dem Weg zu räumen, den Drogendealer, der seiner kriminellen Vergangenheit komplett abgeschworen hat. Dann soll das Zufall gewesen sein?" Judith hob beide Hände. „Das macht für mich keinen Sinn, wo soll da der Zusammenhang sein?"

„Mensch, Judith, du willst jetzt aber keine Diskussion mit mir führen über die Rationalität von Morden, oder?!"

„Nein, natürlich nicht." Judith winkte ab. „Die Schmitt hatte Glück und hat überlebt. Aber jetzt überleg mal – wäre sie tot aufgefunden worden, dann hätte es eine Obduktion gegeben, das Weinglas, die Weinflasche wären untersucht worden, das ganze Programm, dann hätte am Ende als Ergebnis gestanden: Suizid. Und dann hätten wir der Frage nachgehen müssen, welche Gründe es für einen Suizid gegeben hätte. Und was meinst du, was dabei herausgekommen wäre?"

Olaf nahm den Faden auf. „Bei der Vorgeschichte wären wir zum Ergebnis gekommen, dass der Suizid ein Schuldeingeständnis ist. Dass sie eben doch Manulski mit ihrem eigenen Auto totgefahren hat und damit nicht klargekommen ist."

„Genau. Damit hätte also ihr Mörder zwei Fliegen mit einer Klappe erwischt: Er hätte die Frau getötet und zugleich auf überzeugende Weise von sich selbst abgelenkt, indem er ihr ein plausibles Motiv untergeschoben hätte. Soweit klar. Aber abgesehen davon: Ein Motiv für den Mord von Astrid Schmitt an Manulski hätten wir auch dann noch immer nicht. Außer wir gehen davon aus, dass sie Manulski kannte, dass sie noch eine Rechnung mit ihm offen hatte. Vielleicht war er vor zig Jahren schuld am Drogentod von jemandem, der ihr nahestand, sie hat ihn aufgespürt und hat Rache genommen."

„Das wäre zwar grundsätzlich plausibel", meinte Olaf nachdenklich. „Aber so war es ja aller Wahrscheinlichkeit nach nicht. Wenn der Mörder von Manulski auch die Schmitt aus dem Weg räumen wollte, dann muss er *mit beiden* seit Jahren eine offene Rechnung gehabt haben. Dann sind wir wieder bei unserer Recherche über die Ermittlungen damals vor sechzehn Jahren. Lass uns noch mal durchgehen, was wir da wissen und wo noch Leerstellen sind."

5

Das Klinikum Ernst von Bergmann in der Potsdamer Charlottenstraße war gut zu finden. Vor Jahren war Judith schon einmal hier gewesen, um eine Freundin zu besuchen, die sich beim Waldlauf den Knöchel gebrochen hatte. Die Gärtnerin lag noch in der Notaufnahme, war aber nach Auskunft des Pflegers so stabil, dass sie wohl anderntags nach Hause entlassen werden könnte, wenn sie das wollte. Die Magenspülung mit Tubus und Beißschiene hatte sie jedoch sehr mitgenommen, und um Wechselwirkungen mit den Stoffen, die zu ihrer Vergiftung geführt hatten, zu vermeiden, konnte sie nicht sediert werden. Während Judith zuhörte, ging ein inneres

Frieren durch ihren gesamten Körper, unwillkürlich schüttelte sie sich.

„Das heißt, sie hat Schwierigkeiten zu sprechen?" fragte sie den Mann.

„Ja, ihr Rachen ist wund und sie hat Schmerzen. Deshalb braucht sie Ruhe. Sprechen strengt sie jetzt noch zu sehr an und tut außerdem weh."

Ihre Ungeduld musste sie also zügeln im Interesse der Patientin. Astrid Schmitt war gerade noch einmal davongekommen. Judith machte sich klar, dass sie einen Kompromiss finden musste zwischen ihrem Interesse als Ermittlerin, von der Frau so viel wie möglich zu erfahren, und der Notwendigkeit, die Arme zu schonen und so wenig wie möglich zu belasten oder zu ängstigen.

Vor dem Zimmer saß eine Polizistin. Judith wies sich aus und wechselte ein paar Worte mit ihr. Sie betrat das Zimmer, in dem vier Betten standen, die alle belegt waren. Sie brauchte einen Moment, um die Gärtnerin zu entdecken. Sie lag in dem Bett vorne links am Fenster, den Kopf zum Fenster gewendet, sodass Judith nicht sehen konnte, ob sie schlief oder wach war.

Zwei andere Patientinnen schliefen offensichtlich, die vierte lag mit leicht erhöhtem Oberkörper und nickte in einem Takt, den nur sie hören konnte, zu der Musik aus ihren Kopfhörern. Judiths Blick glitt über bandagierte Gliedmaßen und diverse Blessuren.

Beim Näherkommen sah sie, dass Astrid Schmitts Gesicht unter den dunklen Haaren sehr blass war. Sie war wach und drehte den Kopf, als sie die Besucherin bemerkte. Ihre Gesichtszüge schienen sich anzuspannen. Judith begrüßte sie und sagte leise, wie froh sie sei, dass Astrid den Anschlag überlebt habe. Sie zog sich einen Stuhl heran, sodass sie zwischen Fenster und Bett sitzen und weiterhin leise sprechen konnte, um die anderen Patientinnen nicht zu stören. Sie rückte so nahe an die

Geschwächte heran, wie sie es deren Reaktion nach tun konnte, ohne sie zu bedrängen.

„Frau Schmitt", fuhr sie fort, leicht nach vorne gebeugt, „ich weiß, dass Sie nicht sprechen können wegen der Schmerzen im Rachen. Wäre es möglich, dass Sie auf Fragen mit Ja oder Nein antworten, indem Sie nicken oder den Kopf schütteln?"

Astrid schob sich ein wenig nach oben und setzte sich langsam auf. Judith half ihr, indem sie das Kopfteil des Bettes mit der entsprechenden Taste zur Unterstützung hochfuhr, worauf die Andeutung eines kurzen Lächelns über das Gesicht der Patientin huschte. Sie nickte.

„Nur zur Sicherheit: Es handelt sich bei Ihrer Vergiftung nicht um einen Suizidversuch?"

Heftiges Kopfschütteln. Judith glaubte in Astrids Blick ein Aufblitzen zu erkennen, als wollte sie sagen, völlig unmöglich, ich doch nicht.

„Das ist jetzt keine Ja-Nein-Frage, aber für unsere Arbeit extrem wichtig: Wann stand die Flasche vor Ihrer Tür? Können Sie den Wochentag oder das Datum einfach lautlos sagen, ich versuche es abzulesen?"

Judith sah Astrid deutlich das Wort „Montag" mit den Lippen formulieren und wiederholte zur Sicherheit: „Sie meinen Montag, den achten Mai, ja?", worauf sie ein Nicken als Antwort erhielt.

„Die Flasche Wein stand also am Montag an Ihrer Tür, war aber ohne Hinweis auf denjenigen oder diejenige, die sie da abgestellt hatten? Oder gab es da irgendetwas, eine Karte, eine E-Mail, einen Anruf …?"

Kopfschütteln.

„Das war für Sie aber kein Grund, auf dieses Geschenk mit Vorbehalt oder Misstrauen zu reagieren?"

Erneutes Kopfschütteln.

„Weil das ab und zu mal vorkam, dass eine Nachbarin Ihnen was vor die Tür stellte?"

Mehrfaches Nicken.

„Sie haben sich sicherlich selbst schon Gedanken darüber gemacht, wer Ihnen das angetan haben könnte. Wer könnte einen Grund haben, Ihnen nach dem Leben zu trachten? Sind Sie bei Ihren Überlegungen bei irgendeinem Vorfall in der Vergangenheit auf jemanden gestoßen, dem Sie das zutrauen? Oder gab es in letzter Zeit einen schweren Konflikt, einen Zusammenstoß mit jemandem?"

Judith sah die Patientin die Augen kurz schließen, als wollte sie die Zumutung, die in der Frage lag, abwehren. Sie legte den Kopf zurück, um ihn gleich wieder zu heben und die Frage zu verneinen. Das glaube ich dir einfach nicht, dachte Judith, und wunderte sich selbst über die Heftigkeit, mit der dieser Zweifel sich bemerkbar machte. Im nächsten Augenblick nahm sie sich zurück, zog eine Visitenkarte aus der Jackentasche und legte sie auf den Nachttisch neben das Bett der Patientin.

„Wir kümmern uns um Ihre Sicherheit, Frau Schmitt", sagte sie leise. „Rufen Sie mich jederzeit an oder schicken Sie mir eine Nachricht, wenn Ihnen noch etwas einfällt. Oder wenn Sie nach Hause wollen, dann fahre ich Sie und sorge dafür, dass erst mal ein Streifenwagen vor Ihrem Haus steht, bis wir den Typen haben. Ja?"

Judith stand auf. In Astrids Gesicht sah sie ein schwaches Lächeln um die Lippen zucken und wieder verschwinden.

6

Kaum saß Judith wieder in ihrem Auto, riss das Klingeln des Smartphones sie aus ihren Gedanken, die weiterhin um das Anschlagsopfer kreisten.

Ein freudiges Erschrecken fuhr ihr buchstäblich in die Magengrube, als sie Ellis Stimme erkannte, und ein strahlendes Lächeln zog über ihr Gesicht. Mit einem Mal wurde ihr ganz warm und kribbelig und die bedrückende Atmosphäre, die sie bei der Begegnung mit der Patientin im Klinikzimmer umfangen hatte, verflog im Nu.

Elli fragte, ob Judith Zeit und Lust für ein spontanes Treffen hatte. Das kam öfters vor, dass sie einander zu diesem Zweck anriefen oder per Kurznachricht fragten. Oft war es einfacher, auf diesem Wege zu einer Verabredung zu kommen als mit längerem Vorlauf, denn dann war es fast sicher, dass irgendetwas dazwischen kommen würde. Judith überriss ihr Arbeitspensum für den heutigen Tag. Wochenende hin oder her, der Fall war nicht nur noch lange nicht gelöst, sondern hatte sich im Gegenteil durch den Mordanschlag auf Astrid Schmitt noch verkompliziert. Und bis sie von Potsdam aus wieder in Berlin war – nein, es ging einfach nicht.

„Ach Elli", sagte sie mit einem tiefen Seufzer, „so gern ich dich treffen würde, es geht heute wirklich nicht. Unser Fall ist inzwischen noch komplizierter geworden, und ich bin gerade nicht in Berlin, muss aber unbedingt noch ins Büro. Lass uns jetzt einfach kurz telefonieren, oder gibt es was Dringendes zu besprechen?"

Judith hörte Elli atmen und glaubte, ihrer Stimme die Enttäuschung anzumerken, als sie langsam antwortete. „Nein, nein, nichts Dringendes. Mein aktuelles Projekt ist so nervig, dass ich große Lust habe, es einfach mal eine Stunde liegenzulassen und den Kopf frei zu kriegen. Dachte, das kriege ich leicht hin, wenn du mich ablenkst. Aber bei dir sieht es offenbar auch grade nach Stress aus, oder?"

„Naja, das Normale eben, ich bin im Arbeitsmodus, denke nach, suche herum und stochere im Nebel." Judith lachte.

„Verstehe. Vielleicht wärs Zeit, dich in ein anderes Leben hineinzubeamen, wo es geruhsamer und übersichtlicher zugeht?"

„Bloß nicht“, wehrte Judith ab. „Dann wärs ja nicht mehr mein Leben. Außerdem – das glaubst du doch selbst nicht, dass man einfach wo anders ein neues Leben anfangen und alles hinter sich lassen kann, was man vorher erlebt und getan und vergeigt hat? Das hat man doch immer und überall im Gepäck.“

Judith hörte Elli zögern, ehe sie antwortete. „Hm. Manchmal hab ich mir schon gewünscht, ich könnte alles hinter mir lassen und neu beginnen. Aber du hast recht, das kann ja gar nicht funktionieren. Ich bleibe ja immer dieselbe, mit all meinen Macken und Unzulänglichkeiten und kann meine Vergangenheit nicht abstreifen wie ein altes Fell.“

„So grundsätzlich meine ich das gar nicht. Wie oft fangen wir was Neues an, ziehen um, verlieben uns neu, arbeiten in einem anderen Job, das ist doch auch immer wieder eine Art neues Leben. Wir verändern uns und passen unser Leben dem an. Das geschieht nur meistens so peu à peu, dass man selbst es gar nicht so deutlich merkt.“

„Kann sein.“ Elli ließ ein kurzes, unfrohes Lachen hören. „Vielleicht ist es gerade an der Zeit, dass ich etwas Grundlegendes an meinem Leben ändern sollte.“

„Hast du schon eine Idee, in welche Richtung es gehen soll?“ fragte Judith neugierig.

„Nicht wirklich. Ich lass mich überraschen.“

7

Im Büro traf Judith Olaf, der, seine Milchkaffee-Tasse mit beiden Händen haltend, auf den Bildschirm seines Rechners schaute. Seitlich daneben türmten sich Bänder aus Überwachungskameras. Olaf stoppte die Übertragung und stand auf.

„Mensch, das ist vielleicht langweilig! Du siehst eigentlich nur verschlossene, mürrische Gesichter, Leute, die geradeaus starren und offenbar gar nicht mitkriegen, dass sie grade über eine rote Ampel fahren. Vom BMW über den SUV bis zum Smart ist alles dabei."

Judith lachte. „Aber kein weißer Caddy? Mist. Aber warum ziehst du dir das jetzt alles rein und nicht die Verkehrsüberwachungstruppe?"

Olaf ging hinüber zur Kaffeemaschine und wartete auf seinen nächsten Milchkaffee.

„Die brauchen einfach zu lang. Ich hab mir die Bänder von der Ampel am Hüttenweg besorgt von Sonntag um acht abends bis Montagmorgen um sechs, zehn Stunden, und anderthalb Stunden hab ich schon durch. Kein weißer Caddy. Wenn das so bleibt, dann wissen wir wenigstens, dass wir auch das versucht haben."

„Ich bin ja ganz froh, dass du das machst, Olaf", sagte Judith. „Astrid Schmitt kann morgen vielleicht schon nach Hause, und dann müssen wir ihr eine Streife vor die Tür stellen, denn der Typ, der ihr ans Leben will, läuft ja weiter draußen rum, bis wir ihn schnappen. Je eher, desto besser."

„Hast du was von ihr erfahren können, was uns weiterhilft?" Olaf balancierte seine volle Tasse langsam hinüber zu seinem Schreibtisch.

„Sie ist noch schwer mitgenommen von der Magenspülung mit allem drum und dran, kann nicht sprechen und so weiter. Von der seelischen Belastung mal gar nicht zu reden. Sie scheint ziemlich taff zu sein. Und ich bin mir nicht sicher, ob sie mir wirklich alles gesagt hat", resümierte Judith.

„Was hat sie denn überhaupt gesagt, wenn sie gar nicht sprechen kann?"

„Ach so", Judith lachte. „Wir haben uns ohne Worte verstanden. Also: Am Montagabend hat sie die Weinflasche entdeckt, und weil das schon mal vorkommt, dass sich die Leute dort im Haus was Nettes an die Tür stellen, wie Toni das gesagt hat, war sie nicht weiter misstrauisch. Vielleicht hat sie ja gedacht, dass von ihren Nachbarinnen und Nachbarn jemand mitgekriegt hat, dass ihr Auto geklaut und damit ein Mord begangen wurde, und der Wein sollte eine freundliche ‚Kopf hoch!'-Botschaft sein. Jedenfalls sah sie keinen Grund, den nicht aufzumachen und zu trinken." Judith, die sich unterdessen an ihren Schreibtisch gesetzt hatte, stützte das Kinn in eine Hand. „Aber etwas merkwürdig finde ich schon, dass sie sich offenbar keinen Reim darauf machen kann, wer sie umbringen will. Ich habe sie direkt danach gefragt. Komisch, oder?"

Olaf wiegte den Kopf hin und her. „Kann sein, kann nicht sein. Sie steht doch noch unter Schock, da kann niemand gut nachdenken. Außerdem kann sie ja auch unwissentlich ins Visier des Täters geraten sein." Nach einer kurzen Pause fuhr er fort: „Und überhaupt. Wir verfolgen die Idee, dass der Mörder von Manulski auch den Mordversuch an der Gärtnerin auf dem Gewissen hat – aber was, wenn die beiden Fälle gar nichts miteinander zu tun haben?"

„Das ist jetzt aber nicht dein Ernst!" Judith fiel aus allen Wolken. „Natürlich ist es derselbe Täter, alles andere macht ja nun wirklich keinen Sinn! Aber sag mal, was anderes, hast du von Corrado schon was gehört?"

„Ach, klar, der war vorhin kurz hier und hat mich auf den neuesten Stand gebracht, was er von der Hoffmann-Perrutzki erfahren hat. Es waren aber nicht wirklich bahnbrechende Neuigkeiten. Ich hab noch ein paar Infos zu Brehm zusätzlich recherchiert, und alles steht schon in der elektronischen Akte, schau mal rein."

„Mach ich, und dann fahr ich nach Stahnsdorf und befrage die Leute im Haus von der Schmitt, ob irgendjemand die Person mit dem vergifteten Geschenk gesehen hat." Judith warf ihren Rechner an und scrollte zu

Olafs letztem Eintrag vor. Während sie las, breitete sich in ihr eine Spannung aus wie vor einem Gewitter. Ihr Blick blieb an dem Namen Wendt hängen. Hans-Ulrich Brehms Ehefrau hieß Brigitta Wendt. Sie war zusammen mit ihrer Tochter Anna Elisabeth von Berlin nach Jena gezogen und hatte wenige Monate danach Suizid begangen. Anna Elisabeth Wendt war beim Tod der Mutter siebzehn Jahre alt, und als Judith das Geburtsdatum der Tochter sah, schluckte sie schwer.

Eigentlich hätte sie ihren Bericht von der Befragung Astrid Schmitts im Krankenhaus in die elektronische Akte eingeben müssen. Aber dazu war sie jetzt nicht in der Lage. Ihr Herz klopfte, als hätte sie gerade einen Sprint hinter sich, sie konnte den Puls in ihrem Kopf klopfen hören. Sie überflog, was Corrados Gespräch mit der Staatsanwältin erbracht hatte, schaltete den Rechner aus und schob ihren Stuhl so plötzlich zurück, dass er fast umgekippt wäre.

Olaf sah von seinen Verkehrsüberwachungsfotos irritiert auf.

„Was ist los?"

Judith zog sich bereits ihre Jacke an und war schon fast aus der Tür. „Ich fahr nach Stahnsdorf. Wir sehen uns morgen!"

8

An diesem frühen Samstagabend war nicht viel los auf den Straßen. Ein leichter Nieselregen hatte eingesetzt. Judith war froh, dass sie jetzt mit den Gedanken, die in ihrem Kopf für Sprengstoff sorgten, allein war. Völlig unerwartet waren ihre Ermittlungen und ihr Privatleben ausgerechnet an der empfindlichsten Stelle aufeinandergeprallt. Elli Wendt war die Tochter von Staatsanwalt Brehm und hatte allen Grund, ihn und seine frühere Geliebte zur Hölle zu wünschen, denn diese beiden hatten sie und ihre Mutter buchstäblich aus ihrem Leben gerissen und trugen in Ellis Augen zweifellos die Schuld am furchtbaren Tod ihrer Mutter. Während Judith den Hohenzollerndamm entlangfuhr, sah sie bildlich in ihrem Kopf die einzelnen Puzzleteilchen an den für sie vorgesehenen Platz fallen, sodass sich ein ganzes richtiges Bild ergab. Elli, deren Klugheit und Spitzfindigkeit beim Recherchieren Judith schon oft bewundert hatte, hatte eine perfekte Inszenierung abgeliefert. Wahrscheinlich hatte sie viele Monate, wenn nicht Jahre gebraucht, bis sie alle nötigen Einzelteile beisammen hatte. Sie hatte Geduld, Hartnäckigkeit und die Fähigkeit zu rationalem Denken benötigt, um alles so zu arrangieren, dass sie, Judith, und ihr Team zum Ergebnis kommen mussten, dass Brehm selbst Tadeusz Manulski und Diana Kühne – denn Astrid Schmitt und Diana Kühne mussten einunddieselbe Person sein – auf dem Gewissen hatte. Judith erinnerte sich plötzlich an den Zweifel, den Elli in ihr geweckt hatte, an das Alibi der Gärtnerin – das kam ihr jetzt vor wie ein Wink mit dem Zaunpfahl. Konnte es wirklich sein, dass Elli es geschafft hätte, eine unglaublich perfide inszenierte Rache zu üben an denjenigen, die schuld an ihrem Unglück waren?

Judith fuhr rechts ran, stellte den Motor aus und atmete tief durch. Sie konzentrierte sich auf ihre Atmung, um sie nach und nach zu verlangsamen. Sie wühlte in ihrer Tasche, fand eine angebrochene Wasserflasche und trank in gierigen Schlucken. Sie fühlte, wie sie sich etwas beruhigte, aber noch immer spürte sie den Pulsschlag in ihrem Kopf wie kleine Schläge gegen eine Mauer.

Das kann so nicht sein, dachte sie. Ich habe mich von irgendwelchen Phantasien überrollen lassen, anstatt ruhig zu bleiben und genau zu lesen. Sie lehnte sich im Sitz zurück, fuhr sich mit beiden Händen durchs Gesicht. Das kann nicht wahr sein. Doch nicht Elli. Während sie ihrem ruhiger gewordenen Atem lauschte, wurde auch ihr Pulsschlag leiser. In ihrem Inneren baute sich Stück für Stück die Gewissheit auf, dass die Elli, die sie kannte und mochte, zu so einer Tat niemals fähig wäre.

Judith ließ den Mégane wieder an, schaute in den Rückspiegel, setzte den Blinker und fuhr weiter. Der Anfall, der sie kurzzeitig außer Gefecht gesetzt hatte, schien vorbei, und ihre Gedanken verliefen wieder auf ihren trainierten Bahnen, ruhig, sachlich, effizient.

Inzwischen war sie auf der Clayallee. Dass Astrid Schmitt in einem früheren Leben Jenny Goebel und davor Diana Kühne gewesen war, nahm sie inzwischen als Fakt. Und nur jemand, der davon Kenntnis hatte, konnte die Gärtnerin überhaupt mit Manulski in Verbindung bringen. Auf irgendwelchen Wegen, die ihr noch unbekannt waren, musste Brehm seine frühere Geliebte aufgespürt haben. Er begeht mit ihrem Auto den Mord an Manulski, seinem ehemaligen Nebenbuhler, lenkt den Verdacht auf Astrid Schmitt und versucht sie zu vergiften. Wäre sein Plan aufgegangen, dann hätte das Ergebnis der Ermittlung tatsächlich so ausgesehen, als habe Schmitt sich das Leben genommen aufgrund von Schuldgefühlen nach dem Mord an Manulski. Also alles klar und folgerichtig.

Judith beschleunigte auf der Landstraße von Kleinmachnow nach Stahnsdorf, die zwischen ausgedehnten Feldern hindurchführte. In ihrem Kopf machte sich eine entspannte Stimmung breit wie an einem Sommertag nach einem die Luft reinigenden Gewitter. Das Problem war, dass sie Brehm das alles auch beweisen mussten. Und dazu konnte sie nun hoffentlich beitragen mit ihrer Befragung.

9

Der Nieselregen hatte sich zu einem richtigen Regen ausgewachsen. In dichter Folge trafen Wassertropfen auf die Frontscheibe und schlossen sich beim Ablaufen zu kleinen Rinnsalen zusammen. Es fiel ihm zunehmend schwer, draußen etwas zu erkennen. Das kam natürlich auch daher, dass er in einigem Abstand zu dem Haus, das er beobachtete, geparkt hatte. Der unbestreitbare Nachteil, wie er zu seinem Bedauern erkannte, lag darin, dass der Regen und die zunehmende Dämmerung seine Sicht noch schlechter machten. Sollte er etwas näher heran rollen? Das verwarf er jedoch schnell wieder, denn dadurch würde er womöglich nur unnötigerweise Aufmerksamkeit auf die große Limousine lenken, die wahrscheinlich ohnehin schon genug auffiel zwischen den kleinen Mittelklassewagen, die außerdem alle ein PM auf dem Kennzeichen trugen, während der BMW sich als Berliner Auto auswies.

Auf einmal schrak er aus seiner Beobachtungsposition auf, die er nun so lange innehatte, dass ihm fast die Augen zufielen, wenn er nicht dagegen ankämpfte. Er setzte sich gerade hin, beugte sich sogar ein wenig nach vorne. Das war doch die Kommissarin, die eben das Haus betrat. Sie hatte geklingelt und jemand öffnete ihr die Tür. Was hatte das zu bedeuten, verdammt?

Was war mit Diana? Das war das einzige, was ihn interessierte. Bis jetzt war das Glück auf seiner Seite, alles lief, wie er es geplant hatte, er hatte die Kontrolle über das Ganze. Der Zufall hatte ihm in die Hände gespielt, er brauchte nur zuzugreifen. Etwas mehr als ein halbes Jahr war es jetzt her, als er Mitte November an der Beisetzung von Richard Beckermann, seinem Nachbarn, teilnahm. Er hatte sich dazu überwinden müssen, denn es ging ihm nicht gut und er hatte wenig Lust, in der Eiseskälte herumzustehen und darauf zu warten, dass die Urne endlich in der Erde versank. Aber dann wurde er auf eine Art und Weise belohnt, die alles veränderte.

Als er das Tor des Stahnsdorfer Waldfriedhofs geöffnet und den asphaltierten Weg Richtung Kapelle beschritten hatte, war sein umherschweifender Blick auf zwei Gärtnerinnen gefallen, die seitlich des Weges Blätter zusammenrechten. Fast hätte es ihm den Boden unter den Füßen weggezogen: Die eine war unzweifelhaft Diana. Sie war älter geworden, trug ihr dichtes Haar kurz, aber ihre Präsenz war dieselbe wie eh und je. Ihre Bewegungen waren schwungvoll und ausladend, als hätte sie Kraft im Überfluss. Fast war es, als ergriffe die Faszination durch ihre Ausstrahlung von damals ihn erneut. Aber dafür war zu wenig Leben in ihm. So ging er mit leicht zitternden Schritten weiter bis zu der kleinen Kirche, wo er sich ganz hinten in eine Bank setzte. Für die Schönheit der ganz aus Holz gebauten Stabkirche hatte er keinen Blick. In ihm arbeitete es auf Hochtouren. Das war ein Wink des Schicksals, dass er hier und heute auf Diana getroffen war, die ihn damals verlassen, betrogen und regelrecht vorgeführt hatte. Die ganzen Jahre hatte er geglaubt, dass sie irgendwo im Ausland lebe, unerreichbar für ihn. Aber jetzt hatte er die Kontrolle über sie zurückbekommen. Sie musste sich verdammt sicher gefühlt haben, dass sie in die Nähe von Berlin zurückgekehrt war.

Er seufzte. Oder drohte ihm das Geschehen doch wieder zu entgleiten? Wo war Diana jetzt? In ihrer Wohnung jedenfalls nicht. Deren Fenster blieben dunkel, während in den umliegenden Fenstern nach und nach Lichter angingen.

Sonntag, 14. Mai

1

Es war früh am Morgen. Astrid lag mit leicht erhöhtem Oberkörper im Bett, hellwach und entschlossen, heute wieder nach Hause zurückzukehren. Auf dem Flur hörte sie die unruhigen Geräusche des Krankenhausalltags, und allein schon dieses andauernde Hintergrundrauschen ließ ihre Sehnsucht nach der Stille des Waldes und der Geborgenheit ihrer Wohnung von Stunde zu Stunde wachsen.

Sie machte sich keine Illusionen, aber sie war und blieb eine Kämpferin, die der Angst in ihrem Leben keinen Raum gewähren wollte. Ihr war sehr schnell klar geworden, wer es auf sie abgesehen hatte. Nur hatte sie mit einer offenen Konfrontation gerechnet, Auge in Auge, und nicht mit diesem merkwürdig versteckten, indirekten Angriff. Sein perfider Plan lag vor ihr wie ein offenes Buch: Das Ganze sollte so aussehen, als habe sie Manulski totgefahren und sich dann das Leben genommen.

Aus der Falle, in die sie jetzt geraten war, schienen auf den ersten Blick nur zwei für sie gleichermaßen unmögliche Auswege hinauszuführen: Der eine war, dass sie sich der Kommissarin gegenüber offenbarte, wie die Dinge zusammenhingen, wer Manulski getötet und den Mordversuch an ihr begangen hatte; der andere war, dass sie selbst die Sache in die Hand nahm und dafür sorgte, dass er verschwand und sie ein für alle Mal in Ruhe ließ.

Astrid stand auf, öffnete das Fenster an ihrem Bett, lehnte sich hinaus und atmete die kühle frische Morgenluft ein. Mit jedem Atemzug, der ihre Lungen füllte, wuchs in ihr die Gewissheit, dass es da noch eine weitere

Option gab, und die war ihre. Sie würde weder ihr neues Leben kampflos aufgeben noch würde sie all das verraten, was sie heute ausmachte. Sie würde ihm ruhig gegenübertreten und ihm sagen, dass er sich gewaltig täuschte, wenn er glaubte, er habe Diana wiedergefunden – denn Diana gab es nicht mehr.

2

Mit leichter Verspätung betrat Simon das Büro und ging geradewegs zu seinem Platz am Besprechungstisch, wo bereits sein Latte macchiato dampfte und wo Judith und Olaf schon saßen, ihre Milchkaffees vor sich. Judith suchte in Simons Gesicht nach irgendeinem Zeichen und fand, er wirkte entspannt, wenngleich etwas übernächtigt.

Simon setzte sich und lächelte seine Kollegin und seinen Kollegen an. „Damit wir es gleich hinter uns haben und uns auf die Arbeit konzentrieren können", begann er langsam. „Ich werde mit Kira nach Ecuador gehen. Das ist die gute Nachricht, und gut deshalb, weil wir uns – mit Sinas tatkräftiger Unterstützung – nach ausführlicher Diskussion tatsächlich darauf geeinigt haben. Und die traurige Nachricht ist, dass ich euch demnächst verlassen werde auf unbestimmte Zeit."

Simons Stimme war immer leiser geworden, und nachdem er aufgehört hatte zu sprechen, blieb es eine lange Weile so still, als hätten sie alle drei ihren Atem angehalten.

Schließlich räusperte Judith sich, aber der Klos in ihrem Hals wollte sich nicht auflösen. „Gut, dass ihr jetzt eine Entscheidung getroffen habt. Und wenn wir das hier abgeschlossen haben, lasst uns ausführlich besprechen, was das für jede und jeden von uns und für uns als Team bedeutet. Ja?"

„Okay", antwortete Olaf und Simon nickte.

Judith fuhr fort und bemühte sich, das leichte Zittern in ihrer Stimme abzufangen. „Also: Astrid Schmitt hat mir heute früh eine Nachricht geschickt, ich werde sie nachher nach Hause fahren. Aber vorher sollten wir besprechen, wie wir weitermachen. Simon, du hattest ja noch keine Gelegenheit, in der elektronischen Akte nachzulesen, was Neues dazugekommen ist, und ich hab weder meine Befragung von der Schmitt gestern im Krankenhaus noch die Befragung ihrer Nachbarinnen und Nachbarn bisher eingetragen, das fehlt noch." Sie fasste kurz zusammen, was Simon wissen musste, um auf dem aktuellen Stand ihrer Ermittlungen zu sein, und fuhr fort: „Als ich gestern las, was wir durch das Gespräch von Corrado mit der Hoffmann-Perrutzki erfahren haben, ist bei mir der Groschen gefallen. Aufgrund dessen, was wir bis jetzt sicher wissen, kann die Konstellation nur folgende sein: Staatsanwalt Brehm führt einen Rachefeldzug gegen Manulski und vor allem gegen Diana Kühne, seine frühere Geliebte. Ihr wollte er den Mord an Manulski in die Schuhe schieben und sie gleichzeitig aus dem Weg räumen. Und das alles macht nur Sinn, wenn wir davon ausgehen, dass Diana Kühne heute Astrid Schmitt heißt. Sie war damals die verdeckte Ermittlerin, die in den Zeugenschutz ging. Und Brehm ist unser Täter, in beiden Fällen."

„Okay. Logisch hört sich das wohl an, aber hast du für irgendwas Beweise, Judith?" fragte Olaf.

„Nein, natürlich nicht, sonst würden wir doch nicht hier sitzen, sondern hätten Brehm längst in Gewahrsam", antwortete Judith gereizt.

„Aber du hast doch gerade gesagt, dass die Schmitt nichts auch nur angedeutet hat, was in diese Richtung gehen könnte? Sie bräuchte doch nur ein Wort zu sagen und Brehm wäre angezählt. Warum sollte sie diese Chance nicht nutzen?" Simon hob beide Hände. „Sie muss doch befürchten, dass er es noch mal versucht."

„Ich weiß, es ist vertrackt, lauter Schwachstellen. Auf der Grundlage wird uns kein Richter eine Durchsuchungsanordnung ausstellen, außer es ist Gefahr im Verzug. Meine Befragung gestern im Haus hat ja auch rein gar nichts ergeben. Jetzt können wir eigentlich nur noch auf die Verkehrsüberwachung hoffen. Könnt ihr damit weitermachen?"

„Ja klar", Olaf wollte schon aufstehen und zu seinem Schreibtisch gehen, hielt aber mitten in der Bewegung inne. „Ich sehe wie Simon das größte Fragezeichen bei Astrid Schmitt. Dass Brehm ein Motiv haben könnte nach der Vorgeschichte, da kann ich noch mitgehen; auch, dass es eine besonders perfide Masche ist, wie er den Mord und den Mordversuch miteinander kombiniert hat. Aber Astrid Schmitt hat weder zu erkennen gegeben, dass sie Manulski kennt, noch hat sie nach dem Anschlag auf sie auf Brehm gezeigt."

„Alles richtig." Judith hob die Schultern. „Ich kann mir auch nicht erklären, was für einen Grund sie hat, ihren Verdacht gegenüber Brehm uns gegenüber nicht zu äußern. Ich werde sie gleich dazu befragen, klar."

„Judith, und außerdem: Als wir den Brehm aufgesucht haben, da war der zwar total unkooperativ, aber der ist doch gesundheitlich und kräftemäßig am Ende. Wie soll der denn zum Beispiel den Caddy in den Wald gefahren und abgefackelt haben und von dort aus dann wieder nach Hause gekommen sein, das alles auch noch mitten in der Nacht?"

„Ja, Simon, ich habe hierzu auch keine Erklärung, aber ich denke, die kann es geben und die können wir finden." Judith spürte Wut in sich aufsteigen – oder war es einfach nur ein umfassendes Gefühl von Hilflosigkeit, von Vergeblichkeit?

Sie hatte das starke Bedürfnis, das Büro zu verlassen und ihre Gedanken auf der Fahrt nach Potsdam zu sortieren.

3

Astrid Schmitt saß auf einem der graublauen Plastikstühle auf der Station, den Rücken angelehnt und den Kopf zurückgelegt, neben sich einen roten Rucksack. Judith sah beim Näherkommen, wie blass sie war.

„Wie geht es Ihnen?“ fragte sie leise, als sie vor der Gärtnerin stand.

„Gut“, kam die rasche Antwort, begleitet von einem knappen Lächeln.

„Kommen Sie, ich bringe Sic nach Stahnsdorf.“ Judith nahm den Rucksack auf und trug ihn hinunter zum Auto. Er war so leicht, dass sie sich fragte, was er überhaupt enthielt. Flüchtig erinnerte sie sich, wie Elli sich manchmal auf liebevolle Art darüber lustig gemacht hatte, dass Judith für alle Eventualitäten vorsorgte und deshalb, anders als Elli selbst, bei ihren Ausflügen nie mit leichtem Gepäck unterwegs war. Das hatte an Judith genagt und sie hatte sich vorgenommen, daran zu arbeiten. Denn es kam ihr erstrebenswert vor, mit leichtem Gepäck unterwegs zu sein.

Nachdem sie einige Minuten schweigend gefahren waren, begann Judith die Befragung. Ihr war nicht ganz wohl dabei, denn die Situation einer gemeinsamen Autofahrt ermöglichte Astrid keinerlei Ausweichen. Im Vernehmungsraum war es natürlich nicht anders, aber hier war die räumliche Enge doch noch stärker spürbar.

Judith begann ruhig und langsam zu sprechen. „Heute vor einer Woche ist Tadeusz Manulski brutal ermordet worden. Jemand hat ihn mit Ihrem Auto totgefahren. Derselbe Täter – davon gehen wir aus – hat versucht, Sie zu vergiften. Ihr Tod sollte aussehen wie ein Suizid, und wir sollten ihn verstehen als Schuldeingeständnis. Das Ganze ist eine ungeheuer perfide Inszenierung. Zum Glück haben Sie überlebt. Aber der Täter wird es erneut versuchen. Wir stellen Ihnen die nächsten Tage, solange

Sie krankgeschrieben sind, eine Streife vors Haus. Allerdings brauchen wir auch Ihre Hilfe."

Sie warf einen Blick auf die Frau neben ihr, die ruhig auf dem Sitz saß, die Hände im Schoß ineinandergelegt, und auf deren Gesicht sich weder Unruhe noch Angst abzeichneten, sondern am ehesten Gelassenheit.

Sie hat gerade einen Mordanschlag überlebt, aber sie scheint keine Angst zu haben, dachte Judith irritiert. Sie beschloss, Astrid Schmitt mit dem zu konfrontieren, was Sache war. Sie wollte sie aus der Reserve locken, provozieren, auch wenn sie sich bewusst war, dass sie die Frau, die vielleicht doch schwächer war, als sie zeigte, in die Enge trieb.

„Ich erzähle Ihnen jetzt eine Geschichte, die vor sechzehn Jahren angefangen hat", begann sie. „Eine junge Kommissarin namens Diana Kühne und ein Staatsanwalt namens Hans-Ulrich Brehm hatten eine heimliche Affäre. Die Polizistin begann als verdeckte Ermittlerin zu arbeiten. Sie schleuste sich als Jenny Goebel in eine Truppe von Drogendealern ein, deren Boss Tadeusz Manulski war. Sie war so gut, dass innerhalb eines halben Jahres die Truppe festgenommen und mit gerichtsfesten Beweisen verurteilt werden konnte. Bei der Festnahme gab es allerdings zwei Tote. Die verdeckte Ermittlerin kam nach dem Prozess in den Zeugenschutz, lebte in Freiburg, hieß jetzt Astrid Schmitt und machte eine Ausbildung im Garten- und Landschaftsbau."

Judith wandte sich kurz zu ihrer Beifahrerin. „Vor ein paar Jahren, Frau Schmitt, kamen Sie nach Stahnsdorf und hier hat Brehm Sie gefunden und in seinen perfiden Plan eingebaut. Haben Sie sich mit ihm getroffen? Hat er Sie direkt bedroht? Haben Sie ihn irgendwo in Ihrem Umfeld gesehen?"

Astrid schwieg. Ihr Schweigen füllte den Innenraum des Autos aus und schloss sie selbst ein wie in einen Kokon.

In Judith arbeitete es. Sie konnte doch jetzt einfach nicht aufgeben! Es ging schließlich um das Leben dieser Frau, die da scheinbar ungerührt neben ihr saß und alles einfach an sich abprallen ließ. Judith spürte, wie eine hilflose Wut in ihr aufstieg. Sie hätte Astrid Schmitt am liebsten mit beiden Händen an den Schultern ergriffen und heftig durchgeschüttelt, um irgendeine Reaktion zu provozieren. Stattdessen musste sie einsehen, dass sie auf Granit biss. Fast musste sie lachen, als sich dieses Bild einstellte. Schweigend fuhren sie weiter. Judith beruhigte sich.

Als sie in den Buchenweg einbogen, sah Judith den Streifenwagen direkt vor dem Haus parken. Sie stellte den Mégane daneben, machte den Motor aus. Ein letzter Versuch noch.

Sie legte eine Hand auf Astrids Arm und drehte sich zu ihr. „Sie brauchen nichts weiter zu sagen, es reicht, wenn Sie einfach nur bestätigen, dass Sie Diana Kühne sind."

Astrid Schmitt wandte Judith das Gesicht zu, das allmählich wieder Farbe bekommen hatte. Sie sah der Ermittlerin geradewegs in die Augen und sagte leichthin: „Diana Kühne gibt es nicht mehr. Ich bin Astrid Schmitt."

Schon hatte sie sich umgewendet und die Autotür geöffnet. Sie nahm den Rucksack, der zu ihren Füßen gestanden hatte, und warf ihn sich über die Schulter. Ehe sie die Tür schloss, beugte sie sich noch einmal herein und sagte mit einem entspannten Lächeln: „Danke fürs Nachhausebringen, Frau Rabe. Sie wissen doch eh schon alles, mehr kann ich Ihnen auch nicht erzählen."

Die Beifahrertür flog zu und Judith sah Astrid Schmitt auf die Haustür zugehen, den Schlüssel schon in der Hand.

4

Das Gelächter, das aus dem Büro bis in den Flur drang, hellte unwillkürlich Judiths Stimmung auf und machte sie neugierig. Beim Hereinkommen sah sie Simon an seinem Rechner sitzen und Olaf hinter ihm stehen. Beide schauten amüsiert auf den Bildschirm.

„Das musst du dir ansehen", rief Simon, kaum hatte Judith das Büro betreten. Sie gesellte sich zu den Kollegen und musste laut lachen, als sie auf dem Foto der Verkehrsüberwachung vom Hüttenweg ihren Chef Werner Eisert erkannte, der vorigen Sonntag gegen dreiundzwanzig Uhr sechsundvierzig mit fünfundneunzig Stundenkilometern die rote Ampel überfuhr. Die Augen hinter der randlosen Brille schauten starr. Wenn man ihn nicht kannte, könnte man die dünnen hellen Haare, die er stets oben quer über seine Halbglatze kämmte, glatt übersehen. Aber ja, kein Zweifel, das war Eisert – es fehlt nur noch seine ebenso monotone wie druckvolle Stimme, die „Wo stehen wir?" in den Raum schmetterte.

Simon drehte sich zu Judith um und meinte grinsend: „Es hat sich also schon gelohnt, durch diese langweilige Show durchzuscrollen! Das geben wir doch weiter, oder? Gleichbehandlung für alle, auch für die Chefs!"

„Na klar", antworteten Olaf und Judith wie aus einem Mund.

„Und sonst?" fragte Judith, während sie zu ihrem Schreibtisch ging, die Jacke auszog und über die Stuhllehne hängte.

Auch Olaf ging zurück zu seinem Schreibtisch. „Nichts, was wir brauchen können. Und du, hast du die Gärtnerin zur Kooperation gewinnen können?"

Judith lehnte sich zurück, streckte sich und verschränkte die Hände hinter dem Kopf. „Leider nicht. Sie hat mich komplett auflaufen lassen, sie hat einfach gar nichts gesagt."

Ihre Kollegen wandten in einer synchronen Bewegung ihre Köpfe Judith zu. Judith musste lachen. „Eigentlich ist es zum Verzweifeln", sagte sie mehr zu sich selbst. „Gar nichts stimmt natürlich auch nicht. Sie hat mehr oder weniger den Zusammenhang bestätigt, den ich ihr beschrieben habe, und meinte, wir wüssten doch schon alles, wofür wir sie da noch bräuchten. Und dann sagte sie den merkwürdigen Satz: ‚Diana Kühne gibt es nicht mehr. Ich bin Astrid Schmitt.'"

„Genau so?" fragte Olaf.

Judith nickte.

„Naja, genau genommen hat sie natürlich recht: Sie selbst hat ja alles dafür getan, ihre Identität als Diana Kühne hinter sich zu lassen. Sie hat sich ein neues Leben aufgebaut, und sie ist zu Astrid Schmitt geworden."

„Aber zu Brehm als Täter in beiden Fällen hat sie nichts gesagt?" wollte Simon wissen.

„Nein", sagte Judith. „Entweder weil sie tatsächlich nichts dazu zu sagen hat oder weil sie nichts mehr mit dem Ganzen zu tun haben will. Eigentlich absurd, oder?"

Nach einer Weile meinte Simon nachdenklich: „Ich glaube, ich kann die Schmitt sogar verstehen. Überlegt mal, was die alles hinter sich hat. Ich kann verstehen, dass sie von alldem nichts mehr wissen will, dass sie einfach ihr Leben weiterleben will wie bisher."

„Ja aber genau das geht doch nicht mehr", warf Judith ein. „Es kann doch jederzeit einen weiteren Anschlag auf ihr Leben geben. Wir können sie doch nicht rund um die Uhr beschützen."

„Ich kann Simons Gedankengang nachvollziehen", sagte Olaf. „Sie vertraut einfach darauf, dass wir den Brehm überführen. Der seinerseits muss doch davon ausgehen, dass Astrid Schmitt ausgepackt hat und dass er auf unserer Liste ganz oben steht."

„Ihr habt recht. Wir versuchen es mit Gefahr im Verzug, rücken mit der Spurensicherung an und setzen ihn fest. Welcher Richter hat heute Bereitschaft?"

5

Als sie in der Dahlemer Villa in der Straße „Im schwarzen Grund" ankamen, hatte Hans-Ulrich Brehm gerade sein Mittagessen beendet und nahm ohne sichtbare Regung die Ankunft des Teams vom LKA 1 einschließlich der Kolleg:innen von der Spurensicherung zur Kenntnis. An diesem Sonntag hatte die Richterin Christine Marquard Bereitschaftsdienst. Nach nur wenigen Nachfragen hatte sie Judith Rabe die gewünschte Anordnung zur Durchsuchung von Haus und Grundstück Brehms erteilt. Brehm wurde über seine Rechte belehrt und wegen des Verdachts, Tadeusz Manulski ermordet und einen Mordversuch an Astrid Schmitt alias Diana Kühne begangen zu haben, in Gewahrsam genommen und direkt ins LKA gebracht. Währenddessen verschafften sich Judith und ihre Kolleg:innen einen Überblick über sein Anwesen. Sie befragten Frau Mühlisch, die Haushälterin, sie beschlagnahmten Brehms Laptop und sein Smartphone, durchsuchten akribisch Haus, Garage und Garten und machten in aller Gründlichkeit und Sorgfalt ihre Arbeit. In ein Notizbuch, das er in einer Schublade seines Schreibtisches verwahrte, hatte er handschriftliche Aufzeichnungen eingetragen, die Beobachtungen und Informationen zu Manulski und Schmitt enthielten, sowie Überlegungen zu seinen Plänen, beide zu töten. Unter den zahlreichen Medikamenten, die sie sicherstellten, befanden sich auch Barbiturate und Beruhigungsmittel. Die Kriminaltechniker:innen würden sie vergleichen mit denen, mit denen Astrid Schmitt hatte vergiftet werden sollen. In der Garage stand neben dem schwarzen BMW ein klappbares E-Moped. Von den Erdanhaftungen an dessen Reifen versprachen sie sich Aufschluss darüber, wo es zuletzt gefahren worden war. Volker Martens, Anton Margrafs Kollege von der Kriminaltechnik, prüfte noch vor Ort mögliche Fahrtrouten Brehms zu der Stelle an der Havelchaussee, wo sie den ausgebrannten Caddy gefunden hatten. Vom „Schwarzen Grund" aus gut mit dem Auto zu erreichen, erklärte er Judith, und mit dem E-Moped zuerst auf Waldwegen, dann an der Krummen Lanke und am Zehlendorfer Waldfriedhof vorbei über den Hüttenweg war die Strecke sogar kürzer, nur acht Kilometer. Das E-Moped selbst wog gerade einmal fünfzehn Kilo, fuhr bis zu dreißig Stundenkilometer und passte im zusammengeklappten Zustand ohne Probleme in den Caddy.

Allen Beteiligten war klar, dass sie bisher nichts als Indizien hatten und dass es jetzt darauf ankäme, was sie finden könnten. Simon blieb vor Ort, Olaf und Judith fuhren zurück ins LKA.

6

Hans-Ulrich Brehm hatte kein Gefühl dafür, wie viel Zeit vergangen war, seit er aus seinem Haus weggebracht und ins LKA gefahren worden war. Auf einen Anwalt an seiner Seite hatte er verzichtet, den brauche er nicht. Zum Glück hatte er geistesgegenwärtig seine Schmerztabletten eingesteckt, denn wie er schon vermutet hatte, war die Aufregung ihm auf den Magen geschlagen und er brauchte seine Medikamente, damit er klar denken konnte und die Schmerzen ihn nicht außer Gefecht setzten.

Je länger er einfach nur dasaß am Tisch im Vernehmungszimmer des LKA 1, umso ruhiger wurde er. Er hatte den Eindruck, als sei die Zeit, die verging, identisch mit der räumlichen Entfernung, die ihn von dem ganzen

Geschehen wegtrug. Er fühlte sich unendlich weit weg von all dem, was in den letzten Tagen und Wochen geschehen war.

Irgendwann im Laufe des Sonntagnachmittags betraten die beiden Ermittler:innen den Raum und setzten sich Brehm gegenüber an den Tisch. Die üblichen Formalia. Brehm nahm, was er sah und hörte, ohne Interesse wahr. Das betraf ihn nicht. Er hörte die Hauptkommissarin reden, sie stellte Sachverhalte und Zusammenhänge dar, verband Geschehnisse von vor sechzehn Jahren mit welchen von heute, interpretierte Motivlagen und beschrieb, was jemand, dem sie seinen Namen gab, getan hatte. Ihr Kollege ergänzte und spitzte zu, versuchte ihn aus der Reserve zu locken. Brehm lächelte in sich hinein. Das wird euch nicht gelingen, dachte er, innerlich längst meilenweit entfernt von diesem engen kleinen Kabuff, in dem sie ihn befragten. Ein leises Bedauern spürte er tief drinnen, dass es ihm nicht gelungen war, seinen Plan so zu Ende zu führen, wie er es sich vorgestellt hatte. Allein diese Vorstellung hatte ihn monatelang in einer Art Erwartung gehalten, die sogar verhindert hatte, dass sein Gesundheitszustand sich weiter verschlechterte. Denn das hatte die Onkologin prognostiziert. Bauchspeicheldrüsenkrebs, der bereits metastasiert hatte, wie in seinem Fall, war nicht mehr aufzuhalten. Alles, was man tun konnte, war, die Schmerzen und die Symptome zu lindern, Übelkeit und Erbrechen und diese unsägliche Schwäche. Er hatte den Wettlauf gegen seine Krankheit gewonnen. Das war alles, was jetzt noch zählte.

Die kalte Wut, die ihn ergriffen hatte, als ihm Dianas erneuter Verrat bewusst geworden war, hatte sich schon längst in eine lasche Gleichgültigkeit verwandelt. Es fühlte sich entfernt ein wenig so an wie damals vor sechzehn Jahren, als alles zusammenbrach, worauf er gebaut hatte. Die Zeit von damals bis heute schnurrte auf eine unbestimmbare Dauer zusammen. Was sein Leben ausgemacht hatte, gehörte längst der Vergangenheit an, genauso wie er selbst. Die Ermittler:innen wussten das noch nicht, sie mühten sich ab, ihn zum Reden zu bringen, Antworten auf ihre Fragen zu bekommen. Aber er schuldete ihnen nichts. Seine Rechnung war aufgegangen.

7

Ellis Gesicht sah blass und wächsern aus. So hatte Judith sie noch nie gesehen. Sie saßen einander am Küchentisch gegenüber in der Wohnung, die Elli sich mit ihrer Kollegin Angela teilte. Judith war nach dem ergebnislosen Abschluss der Befragung von Hans-Ulrich Brehm aufgebrochen, um Elli über das Geschehen zu informieren, damit sie es nicht aus den Medien erfuhr. Sie berichtete so knapp und so sachlich wie möglich, was sie nach dem gegenwärtigen Stand der Ermittlungen Brehm zur Last legten und wie die Indizienlage aussah. Sie ließ außerdem keinen Zweifel daran, dass Brehm ein Gerichtsverfahren aufgrund seines Gesundheitszustands wohl nicht erleben würde. Elli hatte schweigend zugehört.

„Er hat gar nicht mit euch geredet?“ fragte sie schließlich leise.

„Nein. Er hat sich ohne Widerstand festnehmen lassen, und seit er sein Haus verlassen hat, hat er so gut wie nichts gesagt. Die Befragung hat er über sich ergehen lassen ohne eine Regung. Wir haben sie dann abgeschlossen und warten jetzt auf die Auswertung der Spuren und der Materialien, die wir bei der Hausdurchsuchung eingesammelt haben.“

„Es wird also auf einen Indizienprozess hinauslaufen?“

„So sieht es aus. Wenn er noch so lange lebt.“ Judith machte eine Pause und legte sacht eine Hand auf Ellis Unterarm. „Wenn du ihn besuchen willst …?“

Elli schüttelte den Kopf. „Warum sollte ich? Er ist noch weiter von mir entfernt als ein völlig Fremder. Übrigens, seit ich wieder hier in Berlin lebe, war ich kein einziges Mal in der Nähe seines Hauses. Dort bin ich ja aufgewachsen. Merkwürdig eigentlich, aber ich verbinde keinerlei Gefühle mit diesem Ort. Klar, ich habe auch schöne Erinnerungen an meine Kindheit und an meine Mutter. Aber die haben nichts mit dem Haus und dem Garten dort zu tun, sondern mit bestimmten Erlebnissen und Situationen, an Ausflüge mit meiner Mutter, an Besuche im Zoo, an Paddeltouren auf der Havel und den Seen. Mein Vater war ja schon damals kaum anwesend."

Sie hing ihren Gedanken nach und lachte plötzlich leise. „Weißt du, ich habe mich die ganzen Jahre nach dem Tod meiner Mutter immer so gefühlt, als sei ich elternlos. Mein Vater existiert schon so lange nicht mehr für mich. Und zum Glück gibt es Bettina, meine Tante in Jena, die ich gern habe und die immer für mich da war. Meine Mutter habe ich immer vermisst. Schon komisch, irgendwie fühle ich mich nach all den furchtbaren Nachrichten jetzt auch wie befreit. Als sei eine Last von mir gefallen."

Judith hörte zu und bemerkte, wie Ellis Gesicht allmählich wieder Farbe annahm und wieder Leben in ihre Züge kam.

„Danke, Judith, dass du mich informiert hast. Jetzt wär ich gern allein."

Judith nickte und stand auf. Sie war erleichtert, dass Elli diese dramatischen Nachrichten nach dem ersten Schock doch eher gelassen aufgenommen hatte. Sie umarmte Elli, die sie bis zur Tür brachte und mit einem „Bis bald!" verabschiedete.

8

Auf dem Weg durch den Hof hinüber zu ihrer Wohnung klingelte Judiths Smartphone. Als sie sah, dass es Sina war, die anrief, freute sie sich.

„Was machst du gerade?" fragte Sina. „Olaf und Jonas sind eben mit einem Fußball zum Tempelhofer Feld aufgebrochen, dort treffen sie sich mit Corrado und einem Freund von ihm. Und ich möchte gern den Rest des Nachmittags nutzen, um mit Rio noch eine Tour durch den Wald zu machen. Bist du dabei?"

Judith brauchte nicht lange zu überlegen. Das war genau das, was sie jetzt brauchte. Während sie auf Sina wartete, dachte sie daran, dass sie am Sonntagvormittag voriger Woche für einen Ausflug nach Güterfelde verabredet waren, als der Mord an Manulski geschah und alle Pläne zunichte machte. Seitdem hatten sie ununterbrochen gearbeitet. Ein Gefühl der Scham breitete sich in ihr aus, als sie daran dachte, dass sie einen schrecklichen Moment lang sogar Elli im Verdacht gehabt hatte, den Mord und den Mordversuch begangen zu haben. Judith atmete laut aus. Sinas grüner Caddy kam vor dem Hof der Wohnanlage in der Vorbergstraße zum Halten, die Beifahrertür flog auf, Judith stieg ein.

Olaf hatte seine Lebensgefährtin bereits mit einigen Informationen über die besonderen Schwierigkeiten dieser Ermittlung versorgt. Sie teilte die Erleichterung des Teams, dass Astrid Schmitt den Mordanschlag überlebt hatte und sie den Mörder Manulskis festgesetzt hatten. Sie bat sich aus, dass mit diesem Thema für die Zeit ihres Ausflugs nun Schluss sei, sie habe genug gehört. Judith beugte sich zum Rücksitz und begrüßte Rio, der sie begeistert anwedelte.

Nach einer guten halben Stunde waren sie am gewohnten Parkplatz im Güterfelder Wald angekommen. Es würde nicht mehr lange dauern, bis die Dämmerung die Sichtverhältnisse verschlechtern würde. Rio sprang mit einem eleganten Satz vom Rücksitz und begann neugierig zu schnuppern. Sina und Judith folgten ihm auf den breiten Sandweg, der zwischen Kiefern, Birken, Eichen und Heidekraut hindurchführte. Rio rannte los, seine Pfoten gruben sich in den weichen Sand und lösten kleine Sandstürme aus. Plötzlich wendete er und galoppierte mit wehenden Ohren zurück zu den beiden Frauen. Judith hätte schwören können, dass er vor Freude lachte.

QUER CRIMINAL

Angst ist stärker als der Tod
Felix Haß
12,90 €
978-3-89656-235-7

Ein Toter in einer schwulen Szenebar – leider ausgerechnet im Stammlokal von Kommissar Steffen Lenz. Schade, dass er am Tatabend selbst dort Gast war und den Toten kannte.

Sein letzter Schritt
Felix Haß
12,90 €
978-3-89656-255-5

Am Schwulenstrand des Berliner Wannsees wird ein menschliches Bein angeschwemmt. Der Fund stellt den Kommissar Steffen Lenz und sein Team vor ein Rätsel, das in ungeahnte Abgründe führt.

Blank
Felix Haß
14,00 €
978-3-89656-294-4

In einer Berliner Sauna wird ein Toter gefunden. Und ein junger Mann, der sein Gedächtnis verloren hat. Kommissar Steffen Lenz ermittelt in gewohnt unkonventioneller Weise.

Schöneberger Steinigung
Peter Fuchs
14,00 €
978-3-89656-272-2

Ein Killer im Kiez: In Berlin läuft Vicky Meier frühmorgens durch den Park am Schöneberger Rathaus. Dabei entdeckt sie in den Büschen eine Leiche mit grausamen Verletzungen. Der junge Kriminaloberkommissar Max Kühn ermittelt.

Tote foltern nicht
Roland Gramling
18,00 €
978-3-89656-299-9

Privatdetektiv Sören Petersen stößt bei seinen Ermittlungen auf ein Netz aus Intrigen und Verstrickungen, die von der schwulen Szene um den Nollendorfplatz bis ins Berliner Regierungsviertel reichen.

Tote jagen nicht
Roland Gramling
18,00 €
978-3-89656-333-0

Ein Heckenschütze versetzt die Kleinstadt Brandenburg an der Havel in Angst, doch die Hintergründe reichen weit zurück – bis in die Vorwendezeit. Sören Petersens zweiter Fall.

Unsere quer criminal-Reihe finden Sie auch als eBook